KB091767

정생, 꿈 밖은
위험해!

정생, 꿈 밖은 위험해!

서해문집 청소년문학 028

초판 1쇄 발행 2023년 9월 5일

지은이 이문영
펴낸이 이영선
책임편집 김종훈

편집 이일규 김선정 김문정 김종훈 이민재 김영아 이현정
디자인 김회량 위수연
독자본부 김일신 정혜영 김연수 김민수 박정래 손미경 김동욱

펴낸곳 서해문집 | 출판등록 1989년 3월 16일(제406-2005-000047호)
주소 경기도 파주시 광인사길 217(파주출판도시)
전화 (031)955-7470 | 팩스 (031)955-7469
홈페이지 www.booksea.co.kr | 이메일 shmj21@hanmail.net

ISBN 979-11-92988-29-0 43810

서해문집
청소년문학
028

정생, 꿈 밖은 위험해!

이문영 연작소설

서해문집

| 차례 |

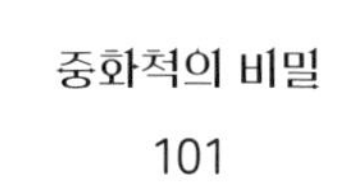

청량산의 신선들

유산일기(遊山日記)

유산일기는 조선 시대 선비들이 산에 놀러간 일을 기록한 일기다. 유산기(遊山記)라고도 한다.

양주골 선비 정생이 큰마음을 먹고 청량산으로 떠난 것은 제비가 돌아온다는 삼월 삼짇날이었다. 사군자의 하나라는 매화는 지나갔지만, 신록이 돋는 봄철에 진달래와 벚꽃이 피는 산을 보러 간다는 것은 즐거운 일이었다. 정생이 하고많은 산 중에서도 저 멀리 경상도에 자리한 청량산을 굳이 가 보려 한 것은 물론 그곳에 퇴계 이황 선생의 자취가 서려 있기 때문이었다. 퇴계가 누구인가? 문묘에 종사된 해동 18현의 으뜸이요, 종묘에도 종사된 조선 유학의 대들보 아니신가. 그런 분이 평생을 사랑한 산이 바로 청량산이요, 그래서 본인도 스스로 '청량산인'이라 칭하셨다. 이 때문에 조선의 선비 되는 자, 청량산을 한번 가 보는 것이 소원이라 할 만큼 많은 문인이 이 산을 다녀왔다. 정생이 비록 그 흔한 생원진사시도 통과하지 못한 처지이기는 하였으나 글줄을 읽어 성리학의 말학에 속한다고 자부하는 터라 청량산을 한번 가 보지 못한 것이 일생의 한이었다.

하나 선비가 산행을 하려고 하면 준비할 것이 하나둘이 아니었다. 일상생활 중에야 하루 두 끼면 충분하지만, 여행을 떠나면 몸이 고되어 중화(점심)를 먹어야 하니 식비가 올라가고, 가는 길을 기록하여 '유산기'를 남기려면 붓과 벼루와 먹과 종이 즉 문방사우를 같이 가져가야 하니 하인을 아니 데려갈 도리가 없다. 양반의 행차인데 초라하게 돌아 갈 수는 없는 노릇이고 먹을 것을 할 숙수(요리사)를 데려가야 하고 가는 길의 풍류를 위해 악사를 고용해야 할 뿐만 아니라 노래를 불러 줄 기생 역시 필수가 아니겠는가. 지나가는 길에 멋진 경치가 있다면 그것을 그림으로 그려 기록해야 하니 화공도 데려가야 한다. 이들의 시중을 들 하인들 역시 있어야 하고, 의복과 식량 같은 것만 챙길 것이 아니라 선비의 체통을 유지하기 위한 책 역시 반드시 갖춰야 하니 10여 명이 최소한의 인원이 되는 것이었다. 따라서 돈도 그만큼 들어가는데, 거리가 멀수록 경비가 더 많이 드는 것은 당연한 이치였다. 이런 이유로 10년을 별러 드디어 청량산으로 출발하게 된 정생이었다.

삼월 삼짇날 출발하여 청량산에 도착한 것은 삼월 보름이었다. 마침 보름날 산에 도착하고 보니 산마루에 올라 달맞이를 하고 싶은 생각이 간절해졌다. 피곤하여 산 아래에서 하루를 묵고 이튿날 일찍 산으로 오르자는 노복들의 바람 따위는 싹 무시하고 정생은 산을 오르기로 마음먹었다.

우선 산 중턱에 있는 연대사(蓮臺寺)를 들러 그곳에 짐을 푼 뒤에 석각을 하는 중을 잡아다가 멋진 바위에 '왕양주정생(往楊州鄭生, 양주의 정생이 다녀가다)'이라 새겨 놓을 생각이었다.

"에라, 게으른 놈들아, 어서 올라라. 이러다 해가 지면 만사휴의니라!"

하지만 너무 서두른 탓에 동티가 났다. 산행을 아는 백성 하나를 붙잡아 향도를 시켰어야 하는데, 하필 근처에 인가도 아니 보이고, 지나가는 촌로도 하나 없어서 대충 들은 것만 가지고 길을 잡아 올랐더니 아무리 가도 절이 나오질 않았다.

퇴계 선생이 몸과 마음을 닦던 산에 왔으니 이제부터는 걸어서 올라야겠다고 생각한 것이 큰 잘못이었다. 평지에서는 그래도 따뜻한 기운이 있었으나 산에는 냉기가 한가득해서 처음에는 땀도 나지 않고 몸이 더워져 좋구나, 하는 생각이었으나 잠시 오르다 보니 땀이 비 오듯 쏟아지면서 몸이 척척해질 정도가 되더니, 곧이어 추위가 엄습했다. 그렇다고 사방이 트인 곳에서 옷을 갈아입자 할 수도 없으니 죽을 맛이라는 게 이런 것 같았다. 보름달이고 뭐고 간에 빨리 구들장 뜨끈한 곳에서 몸을 좀 지져야 살 것만 같았다.

"대체 여기가 어디란 말이냐?"

가져온 물도 떨어져 짜증이 상투 끝을 통과할 지경이었는데, 절벽 틈새로 물이 흘러나오는 곳을 발견했다.

"오호라, 이곳이 바로 총명수렷다!"

신라 시대 명유(名儒, 유명한 유학자) 최치원이 이 물을 마시고 총명해졌다고 해서 '총명수'라 부르는 곳이다. 총명해지건 총명해지지 않건 상관없이 일단 갈증을 달래고 볼 일이었다.

"주세붕 선생께서 말씀하시길 '총명수를 마시고 만월암에 누워 있으면 비록 하찮은 선비라도 신선이 된다' 하셨느니라. 마침 오늘이 만월이니 내 그곳에 가서 활개를 치고 누워 보리라!"

갈증을 달랜 정생이 마치 천하를 얻은 듯 호연지기를 뽐내며 힘차게 산 위를 향해 발걸음을 내디뎠다. 하지만 곧 절벽에 붙은 잔도가 나타나니 간신히 여기까지 쫓아온 기생이 비명을 지르며 주저앉았다.

"나리, 소첩은 이제 죽어도 못 갑니다. 저길 지나가라고 명하느니 차라리 소첩을 매질하소서!"

간이 작은 하인 마당쇠도 나자빠진다.

"쇤네도 못 가겠사옵니다. 죽여 주시옵소서."

정생은 기가 막혔지만 발버둥을 치며 못 가겠다는 이들을 어찌할 도리가 없었다. 마침 아래쪽을 살펴보니 절간이 내려다보였다. 놓치고 올라온 연대사가 분명했다.

"알겠다. 그러면 너희는 저기 절간에 가서 짐을 풀고 있도록 해라. 신선의 경지에 오를 수 있는 사람이 어디 장삼이사에 다 가당키나 하겠느냐. 나 홀로 만월암에 올라 신선이 되리라."

오기가 발동한 정생은 수종을 들겠다는 하인까지도 굳이 내쫓다시피 하고 혼자 산을 타고 올라갔다.

만월암 만월대에 도착했을 때는 당연히 기진맥진하여 정생은 경치고 뭐고 살필 겨를도 없이 대 위에 드러누워 버렸는데, 얼마나 피곤했는지 그대로 잠이 들고 말았다. 기절하듯이 잠이 들었던 정생이 눈을 떴을 때는 사방이 깜깜했는데, 대 주변에 몇 사람이 모여 시회라도 여는 것 같았다.

*

"허허, 참으로 오랜만에 뵙습니다."

"그동안 별고 없으셨는지요?"

점잖은 인사가 오가는 것을 보니 인근의 선비들이 보름을 맞아 달맞이를 온 것이 틀림없어 보였다. 정생은 조용히 일어나 의관을 정제하고 그들 곁으로 가다가 흠칫 놀라 발걸음을 멈췄다. 분명 선비들이 앉아 있는데 그 사이에 장삼 가사를 걸치고 머리는 산발한 거사가 한 명 앉아 있었다. 파계승처럼 보이기도 했는데 석각을 하거나 길 안내를 위해 온 사람은 아니었다. 앉아 있는 모양새도 격식이 없이 방자하여 눈살이 찌푸려졌다. 불가의 인물이 선비들 모임에 끼어 있는 것이 말할 수 없이 불쾌했다. 그때, 마치 신선 같은 모습을 하고 당나라 때 사모 같은 것을 쓴 선비가 정생을 보고 손짓했다.

"오늘은 과객이 있었구려. 어서 오시오."

그러자 퉁방울눈에 주먹코를 가진 선비가 못마땅하다는 표정으로 말했다.

"고운 선생은 거 아무나 초대하는 버릇을 좀 버리십시오."

고운 선생이라니? 최치원의 호가 고운이 아니던가. 그런데 되받는 말이 더 걸작이다.

"신재, 너무 뭐라 하지 마시오. 저 사람도 뜻을 이루지 못해 이 깊은 산속에 들어온 것이니."

신재라니! 신재는 주세붕의 호가 아니던가. 주세붕은 조선 유학의 대들보인데 이 사람들이 지금 무슨 장난을 치고 있는 건지 정생은 도무지 알 수가 없었다. 그러고 보니 주세붕은 바로 청량산 열두 봉우리의 이름을 지은 사람이 아니던가. 정생은 그제야 여기 모인 사람들이 선현들의 이름을 흉내 내고 있는 것이라 여기고는 괘씸한 생각이 들었다.

"그렇습니다. 자, 이리 오시오."

학창의에 복건을 쓴 선비가 옆으로 비키며 손으로 탁탁 자리를 쳤다. 정생은 그쪽은 보지도 않고 성질을 냈다.

"점잖게 생긴 분들이 이 무슨 허황된 노릇입니까! 선현들을 흉내 내고 있다니, 세상에 창피한 노릇입니다."

"흉내라니, 그게 무슨 말인가?"

눈에서 번갯불이 이는 것 같은 노인이 붓을 쥔 손을 흔들며 말했다. 손발도 작고 손목이 가늘어 힘이라곤 없어 보이는 노인이었다.

"나는 신품사현이라 불리는 김생이다. 내가 이곳에서 봉우리들을 보며 글씨를 익혀 지금도 내가 머물던 곳이 김생굴이라 남아 있거늘, 네놈이 날 가짜로 보는 모양이니 어디 글씨로 한번 겨뤄 보자."

정생이 대꾸할 새도 없이 김생은 '풍월(風月)' 두 글자를 바위 위에 썼는데 그 가는 손목에서 어찌 이런 힘찬 글씨가 나오는지 글씨가 바위를 뚫고 솟아오르는 것 같았다.

"움머. 보름날을 맞아 속세에 내려왔으니 풍진이 없을 수 있겠소. 해동서성은 진정하시오."

움머? 정생이 그때야 한 바퀴 둘러 살펴보니 사람들 사이에 커다란 황소 하나가 앉아 있었다. 뿔이 세 개 달린 황소라니, 이게 대체 무슨 일인가?

"움머. 좀 놀란 모양이군. 나는 삼각우(三角牛)라네. 본래 중이었으나 연대사를 창건할 때 소로 변신하여 하루 동안 온 힘을 다해 일한 끝에 죽어서 묻혔지. 그 공으로 천상에 올라 이렇게 보름날에 명사들과 즐길 수 있게 되었지."

정생은 분개하여 말했다.

"최치원 고운 선생과 신필 김생 선생, 주세붕 선생은 모두 일세의 명현인데 어찌 이런 소나 저런 불가의 거사와 어울리고 있습니까? 무릇 중이란 속세의 인연을 끊는다고 하여 불효를 일삼는 자로 마땅히 세상에서 없애야 하는 말종들입니다! 불상을 헐고 중들을 매질해서 깨우침을 내려야 합니다!"

최치원이 말했다.

"허허, 좀 진정하게나. 자네는 유생인 모양인데 이곳에는 어찌 온 것인가?"

"죄송합니다. 소인은 양주골 선비 정생이라 하옵는데, 평소 퇴계 이황 선생의 높은 이름을 흠모하여 평생을 별러 이곳에 온 터입니다. 그런데 여기서 사마외도(邪魔外道)와 어울리는 선현들을 볼 줄…."

주세붕이 손을 흔들어 정생의 입을 막았다.

"이보게, 퇴계, 자네가 말 좀 해 줘야겠네."

정생에게 자리를 권하던, 학창의에 복건을 쓴 선비가 고개를 들었다. 정생은 너무 놀라 심장이 멎는 것 같았다.

"정말 선생이 퇴계 이황이시란 말씀입니까?"

"그렇다네."

이황은 낮은 목소리로 말했다.

"내 일찍이 청량산 백운암의 승려 부탁으로 '백운암기'를 쓴 적이 있으니 나 역시 매질을 당해야 마땅하겠는가?"

정생은 철퍼덕 자리에 엎드려 고개도 들지 못하고 말했다.

"어, 어찌 소인이 감히…."

"자네가 말한 거사는 당으로 가던 유학길에 해골의 썩은 물을 마시고 깨달음을 얻어 돌아온 뒤에 신라의 삼국통일에 큰 기여를 한 원효대사일세. 저분 역시 청량산에서 도를 닦았지. 아, 사람들이여, 행여 뒷사람이 먼저 온 뜻을 알면(後來欲識先游意) 묘한 곳으로 함께 가리니 어찌 차이 있으리오(妙處同歸豈二三)."

원효가 합장을 하며 말했다.

"이 몸이 당나라에 가다가 무덤에서 깨우침을 얻은 것은 사실이지만, 해골 물을 마신 것은 아닙니다. 세간에 그렇게 알려져서 참으로 민망합니다."

주세붕이 말을 받았다.

"잘못을 굳이 바로 잡으려는 대사의 마음가짐이 참으로 아름답습니다. 이 만월대에서는 청량산의 산세를 보고 선비의 정신을 깨우쳐야 마땅하거늘 허례허식만 가득한 썩은 선비들이 사람들을 괴롭힐 요량으로 이곳을 오니, 말세가 다가온 모양이외다."

원효가 껄껄 웃으며 말했다.

"두 분의 말씀이 참으로 옳소이다. 세상은 괴로움으로 가득 찼으니 유가의 선비가 불가의 중을 괴롭히는 것이야 구우일모(九牛一毛)에 지나지 않으니, 굳이 따져 무엇하겠습니까? 나무아미타불!"

삼각우도 소 울음을 내며 웃었다.

"구우일모라니 그게 무슨 말이오. 여기 소는 나 하나밖에 없지 않소. 일우구모라고 하시오!"

웃음소리들이 점점 커지더니 천둥 벽력처럼 변하였다. 정생이 벌벌 떨다가 간신히 고개를 들어 보니, 명현들은 간 곳이 없고 하인들이 자신을 찾는 소리만 울려 퍼지고 있었다.

정생은 새파랗게 질린 얼굴로 그날 바로 하산하여 고향으로 돌아갔다. 정생은 처음엔 고개도 못 들고 주변을 두리번거리며 작은 소리에도 놀랐으나, 고향에 가까워질수록 기운을 차리더니 고향에 도착한 뒤에는 크게 서당을 열고는, "내가 청량산에서 주세붕 선생과 퇴계 선생을 만나지 않았던가. 그분들께 받은 가르침을 기꺼이 후학들에게 베풀리라"라고 말하였다. 정생의 소문은 인근 고을에까지 퍼져 나가 서당의 문턱이 닳을 지경이었다고 전해 온다.

좀비와 검은 손

고종일기(考終日記)

고종일기는 사람이 죽었을 때 임종 장례에 대한 내용을 기록한 일기다. 고종(考終)은 제명대로 살다가 편안히 죽는 것을 이른다.

양주골 서당 훈장인 정생에게 백부가 위독하다는 소식이 전해진 것은 더위가 한창 기승을 부리던 유월 초였다. 무더위에, 수원부에 사는 백부에게 가는 것이 보통 일이 아니었지만 일흔이 넘은 백부가 위독하다는 말을 듣고 그냥 있을 수는 없는 노릇이었다. 유람하는 일이라면 숙수와 기생까지 대동해서 거한 행차를 할 일이었으나 시급을 요하는 여행이었기 때문에 수발을 들 하인 하나만 데리고 간단한 행장을 꾸려 길을 나섰다. 만에 하나 상례까지 치러야 하면 몇 달을 머물 수도 있기 때문에 접장을 불러서 당부를 단단히 했다. 훈장이 없는 동안 옆 서당에 학동들을 빼앗기기라도 하면 큰일이기 때문이다.

정생은 나귀를 타고 하인에게 고삐를 들려서 길을 떠났다. 사흘 만에 백부의 집에 도착했을 때 정생은 반쯤 죽어 있는 상태였다.

그렇게 먼 거리를 나귀 등 위에서 보낸 적이 없었기 때문에 흔들거릴 때마다 허리에 충격이 가해지는 것을 견딜 수 없었던 탓이다.

드디어 백부 집의 대문이 보이자 이젠 살았다 싶어서 저절로 눈물이 흘러내렸다.

정생은 허리가 아파 부들부들 떨면서 나귀에서 내렸다. 백부 집의 마름에게 안부를 물었다.

"아이고, 내가 왔다. 큰아버님은 어디 계시냐?"

"늦지 않으신 것 같습니다. 어서 들어가 보시지요."

사랑채에는 많은 사람이 모여 있었다. 이미 회생이 불가능하다고 판단해서 정침(正寢)으로 옮겨 놓은 것이다.

정생이 들어서자 모인 사람들이 우르르 일어나 인사를 하는데 그 인사를 일일이 받다가는 백부가 삼도천을 건널 것 같아서 정생은 사람들을 밀치고 백부의 머리맡에 자리를 잡고 앉았다.

백부가 가늘게 눈을 떨며 정생을 바라보았다. 뭔가 말하려 입을 벌렸는데 목소리는 들리지 않았다. 정생은 소리를 들으려고 허리를 굽히다가 허리가 끊어지듯이 아파서 눈물을 뚝뚝 떨어뜨렸다.

"형님, 이렇게 멀리 찾아와 주셔서 또 이렇게 슬퍼하시니 정말 정이 깊으십니다."

옆에 앉아 있던 사촌이 정생의 손을 붙잡으며 곡진한 목소리로 말했다.

"아버지께서는 이미 유언을 남기셨습니다. 양주골에 있는 전답은 형님께 주신다고 말씀하셨고 분급기에도 적었습니다."

다행히 백부가 조카를 까먹지는 않은 모양이었다. 잠시 후 백부가 정신을 잃고 눈을 감더니 숨소리가 멎었다. 정생은 허리가 부러질 것 같았지만 그래도 임종을 지킬 수 있어서 다행이었다.

조카들이 아이고, 아이고 곡을 하는 가운데 당숙 어르신이 햇솜을 꺼내 백부의 코 밑에 놓았다. 숨을 쉬는지 안 쉬는지 살피려 한 것인데 이것을 속광(屬纊)이라고 부른다.

"운명하셨구먼."

당숙 어르신의 말에, 사방에서 울음소리가 터졌다. 정생은 옆에 있는 사촌 하나를 붙들고 물었다.

"수의, 상복, 관은 모두 준비했는가?"

"오래 편찮으셔서 미리 다 준비했다네."

그사이에 흰 천이 들어오고 당숙 어르신은 다시 한 번 백부의 눈꺼풀을 들춰 보고 허리 밑으로 손이 들어가는지 안 들어가는지 살펴보았다. 사람이 살아 있을 때는 허리 밑으로 손을 넣을 수 있지만, 죽고 나면 온몸이 풀어져 허리 밑으로 손을 넣을 수 없는 법이다.

당숙 어르신이 흰 천으로 백부를 덮고 나자 사람들이 상복으로 갈아입기 위해 몸을 일으켰다.

습, 소렴, 대렴, 입관에 호상소를 만들고 영좌를 설치하고 명정을 세우고 조전, 석전을 올리는 등 상주와 가족들이 해야 할 일은 정신없이 많다. 이렇게 꼼꼼한 절차와 예법은 친지를 잃은 슬픔에서 한껏 제정신을 차리게 만들어 주는 일이기도 했다.

하지만 친척들이 별 기대를 하지 않아 호상, 사서, 사화 같은 장례 사무를 하나도 맡지 않은 정생은 하릴없이 방에서 나와 아픈 허리를 펴고 마당을 돌아보았다. 사흘이 지나 입관까지 끝나자 조문객들이 모여들기 시작했다.

날이 한창 더운 때라 사람들은 대부분 마당에 모깃불을 피워 놓고 모여 앉아 있었다. 초상이 나면 일가친척과 마을 사람 모두 모여 함께 슬픔을 견뎌 내는 법이었다.

정생은 어디쯤 끼어들면 좋을까 슬슬 걸어 다니다가 평소 입담 좋기로 소문 난 왕고모부가 있는 자리에 슬그머니 끼어들었다. 막걸리가 동이째 나와 있고 다들 얼굴이 벌건 게 이미 마실 만큼 마신 모양이었다.

"그래도 조카는 복 받은 겨. 자식들이 다 종신(終身)했으니."

임종을 지키는 것을 종신이라고 한다. 종신자식이 진짜 자식이라는 말도 있을 정도로 종신한다는 게 쉬운 일이 아니다. 백부가 악착같이 자식들이 다 모일 때까지 잘 버틴 모양이었다.

"사람이 죽으면 어찌 되는지요?"

누군가가 질문을 던졌다. 왕고모부는 그 질문이 안 나오면 어쩔까 싶을 정도로 반색을 하며 말을 받았다.

"참 좋은 질문이야. 내 알려 주지."

왕고모부가 헛기침을 하고 말했다.

"세상천지는 기(氣)로 가득 차 있어서 저 하늘이 무너져 내리지 않는 건데, 그 기가 뭉치면 물(物)이 되는 거야. 사람도 바로 기가 뭉쳐서 만들어진 물이라 이거야."

"사람이 죽으면 혼백(魂魄)이 떠나간다고 하던데 그럼 혼백이란 건 뭔가요?"

"그렇지. 기에는 양기(陽氣)와 음기(陰氣)가 있는데 양기는 혼이고 음기는 백이야. 사람이 죽으면 혼은 하늘로 올라가고 백은 땅으로 돌아가 사라지는 거야. 이때 혼이 제대로 승천하면 신명(神明)이 되는데 원한이 있으면 승천하지 못하고 음기를 가지게 되어서 귀신이 되어 버리는 거야."

사람들이 고개를 끄덕끄덕했다. 주자도 혼백을 향불에 비교해서 설명했었다. 향에 불을 붙이면 향에서 향기가 피어오르는데 이것이 혼이고, 향이 타고 나면 남는 재가 백이라는 것이다.

"그런데 말이야. 사람이 죽고 나면 염습을 하고 손발을 꽁꽁 묶는단 말이야. 왜 그러는지 아는가?"

왕고모부는 아주 낮은 목소리로 음산하게 이야기했다. 갑자기 주위에 한기가 쌩 불어오는 것 같았다.

"내가 안동의 오 진사 댁 장례에 갔을 때 일이지. 벌써 50년은 됐나 봐."

왕고모부의 음침한 목소리에 맞춰서 어디선가에서 여우 울음소리가 들렸다.

*

오 진사가 죽은 건 다 확인을 했지. 내가 갔을 때는 이미 흰 천으로 시신을 덮어 놓은 상태였어. 그런데 내가 방에 들어서니까 갑자기 덮어 놓은 흰 천이 움찔움찔하는 게 아니겠어?

자식들이 아버지 숨이 돌아왔다고 막 달려들어 천을 걷어 냈는데 오 진사가 '그르륵, 그르륵' 하는 이상한 소리를 내면서 갑자기 벌떡 상체를 곧추세운 거야. 금방 숨넘어간 사람이라면 할 수 없는 일이었지.

그러고는 고개를 홱 돌려서 방문 너머 쪽을 바라보는데, 그런데 눈에 초점이 없는 거야. 눈은 백태가 낀 것처럼 뿌옇게 변해 있었지. 이건 사람의 모습이 아니어서 아버지가 살아난 줄 알았던 자식들도 모두 입도 못 벌리고 있는 상황이 되어 버렸어. 그러더니 오 진사가 벌떡 일어나서 제일 가까이 있던 둘째 딸을 확 덮친 거야. 그때 입을 크게 벌렸다가 딸의 목을 물려고 했는데 다행히 빗나갔지만 '딱' 하는 소리가 살벌하게 울려 퍼졌지.

오라비 둘이 누이를 얼른 끌어내서 간신히 참변을 면한 거였어. 오 진사, 아니 오 진사의 탈을 쓴 그 괴물이 둘째 딸을 물어뜯는 데

실패한 거야. 내가 말했지? 사람이 죽으면 혼은 하늘로 날아 올라간다고. 오 진사의 혼은 이미 몸에서 떠나갔고 그 몸에 뭔가 이상한 것이 들어와 몸을 차지한 거지.

괴물은 이번에는 큰아들을 물어뜯으려고 덤벼들었어. 그때 둘째 아들이 얼른 괴물의 팔을 붙잡았는데, 괴물은 이렇게 몸을 흔들어 댔고 그 통에 상의가 홀렁 벗겨졌지.

다행히 그 서슬에 괴물이 자빠졌어. 괴물의 몸은 이미 뻣뻣해진 상태라 금방 일어나지를 못했어. 그 틈에 사람들은 사방으로 달아났어. 나도 뛰쳐나와서 어떻게 할까 하다가 지붕 위로 올라갔지. 괴물이 움직이는 꼴을 보니까 지붕 위로 올라올 수는 없을 것 같았거든.

내가 지붕 위로 올라가자 사람들도 나를 따라서 다들 지붕 위로 올라왔어. 지붕이 무너질까 봐 조마조마했지.

마당에는 괴물이 그르륵거리면서 이리저리 먹잇감이 될 희생자를 찾아서 움직이고 있었어. 눈도 안 보이는 것 같은데 어떻게 사람들을 쫓아다니는지 알 수가 없더라고.

그때 둘째 아들이 벗겨 낸 아버지 윗도리를 가지고 나랑 같은 지붕 위에 올라와 있는 것을 봤지. 둘째는 윗도리를 잡고 서럽게 울고 있더라고. 얼른 옆으로 가서 뒤통수를 딱 때렸지.

지금 울고불고할 때가 아니니까. 나는 망자의 윗도리를 들고 주변에 조용히 하라고 외쳤어. 사람들이 조용해지자 마당에서 날뛰던 괴물도 조용해지더라고. 나는 윗도리를 펄럭이며 혼을 불렀어. 그래, 초혼(招魂)을 한 거야. 오 진사의 몸으로 자기 혼이 돌아와야 우리가 살아날 방법이 있겠더라고. 그래서 목청껏 외쳤지.

"조선국 경상도 안동의 진사 오병국! 복(復), 복, 복!"

혼이 돌아오라고 '복'이라고 외치는 거야. 한 번은 하늘을 보고, 한 번은 땅을 보고, 한 번은 북쪽을 향해서. 북쪽은 뭐냐고? 죽은 사람을 관장하는 신은 북쪽에 살거든.

초혼할 때는 조용해야 해. 사람들이 막 떠들고 울고불고하면 혼이 돌아오려고 하다가도 놀라서 못 돌아온단 말이지.

그런데 다행히 사방이 완전히 조용해진 덕인지 혼이 돌아온 거야! 괴물, 아니 이제 다시 살아난 오 진사가 철퍽 소리를 내면서 마당에 쓰러졌어. 다들 무서워서 다가가지를 못하는데 오 진사가 큰아들 이름을 부르더라고. 그래서 큰아들이 내려가서 보고는 "아버지!" 하면서 울더라고. 그제야 사람들이 다 지붕에서 내려갔지.

하지만 오 진사는 되살아나지는 못하고 금방 다시 숨이 끊어졌어. 그러자마자 얼른 손발을 다 꽁꽁 묶었지. 또 괴물로 변하면 큰일이잖아.

상여 메고 가는 동안 관이 쿵쿵 울리는 소리를 들었다는 사람도 있긴 하던데, 난 몰라. 무서워서 장지까지는 안 따라갔거든. 그래서 상기도 오 진사 무덤에서는 때로 쿵쿵 소리가 난다고 하더라고. 성묘를 가도 절대 혼자 있으면 안 된다고 신신당부를 하고들 있지.

*

왕고모부가 이야기를 마쳤을 땐, 밤이 깊어 그랬는지 주위에 서리라도 내린 것처럼 차가운 기운이 맴돌고 있었다. 꼬맹이 하나가 덜덜 떨면서 말했다.

"할아부지, 그거 참말이에요?"

"그럼! 난 평생 거짓부렁이라고는 해 본 적이 없는 몸이야!"

정생은 무시무시한 이야기에 오금이 저려서 기분이 엄청 나빴다. 술이 취한 탓인지 그만 독설이 튀어나왔다.

"객쩍은 소리 고만하세요. 그런 엉터리 이야기는 대체 어디서 들으신 거예요?"

왕고모부는 펄쩍 뛰었다.

"엉터리라니! 그런 괴물을, 죽어서 음기로 된 도적이라 해서 조음비(弔陰匪)라고 부르는 거야. 이게 다 예전부터 전해 오는 이야기라고."

"조음비? 그런 말은 생전 처음 들어 봅니다. 차라리 좀 같은 도적이라고 좀비라고 부르세요."

그때 사랑방 쪽에서 쾅당 소리가 났다. 왕고모부가 그쪽을 가리키며 놀란 목소리로 말했다.

"앗, 저기 봐라! 조음비다!"

정생이 고개를 돌려 보자 사랑방 문이 천천히 열리는 중이었다.

저기에는 백부 관밖에 없는데? 정생은 알 수 없는 오싹한 기운을 느꼈다. 그때 사랑방 문틈으로 하얀 옷에 감싸인 시커먼 손이 튀어나왔다.

"으악!"

정생은 비명을 지르며 정신을 잃고 말았다.

이튿날 사람들은 하루 종일 장례 절차도 잊을 만큼 정생의 소심함으로 이야기꽃을 피웠다. 석전(夕奠, 저녁때 올리는 제사상)을 올리고 나오던 당숙 어르신이 미끄러지면서 허리를 삐끗해서 엉금엉금 기어 나온 것이다. 엉금엉금 손을 뻗다가 벼루에 손을 철퍽 내리치는 통에 손이 새카매지고 말았다고. 정생이 그 먹물 묻은 손만 보고 놀라서 기절했던 것이다. 그 후 일가친척들이 정생만 보면 조음비가 왔다고 웃어 대는 통에 정생은 수원부 쪽으로는 오줌도 누질 않았다고 한다.

염라대왕의 호통

독서일기(讀書日記)

독서일기는 말 그대로 읽은 책에 대해서 쓴 일기이다.

양주골 정생의 서당에도 여름이 왔다. 정생의 서당은 작은 집 사랑을 가지고 만든 것이라 학동 여덟이 무릎을 꿇고 앉아 있으니, 문짝을 떼어 내도 줄줄 흐르는 땀이 책을 적실 판이었다.

"어허, 이래서야 어디 성현의 말씀이 눈에 들어오기는 하겠느냐?"

정생이 몇 오리 안 되는 턱수염을 쓰다듬으며 말하자 접장이 그 뜻을 깨닫고 얼른 말을 받았다.

"아무렴요. 이런 날에는 산에 올라 스승님은 탁족을 하고 저희는 천렵을 하여 된장과 고추장을 넣고 매운탕을 끓여 속을 확 풀어 버림이 옳습니다."

그러자 조금 전까지 책 속으로 빠져들듯이 고개를 수그리고 있던 학동들이 눈을 반짝이며 목을 쳐들고 정생을 바라보았다.

"그래, 그러자. 하늘이 이리 더운 날을 주셨으니, 해가 쨍쨍할 때 포쇄를 함이 마땅하겠다."

그 말에 학동들의 입이 딱 벌어졌다. 포쇄란 무엇인가? 포쇄는 쇄서포의(曬書曝衣)의 줄임말로 책과 옷을 햇볕에 쏘이는 것을 가리킨다. 강렬한 햇볕을 쏘여 책의 습기를 날려서 곰팡이와 좀을 예방하는 것이다. 옷 역시 마찬가지다. 그럼 학동들은 왜 입을 딱 벌렸는가?

정생이 포쇄를 하겠나고 하였으니 서낭에 있는 책들을 지고 날라야 하는 것이다. 정생이 뛰어난 학식을 가진 학자라고 말하기는 어렵지만, 나름대로 유생의 취미를 가지고 있었으니 그것은 책을 모으는 것이었다.

책쾌 조생이 들르면 보지 못한 책이 있는지 살펴보고, 그런 책이 있으면 어디서 돈을 꾸어서라도 그 책을 사는 것이 정생의 낙이었다. 이러다 보니 정생의 서재에는 빼곡하게 책들이 들이차 있었다. 사면 벽을 책가(冊架)로 만드는 것을 떠나, 아예 이중으로 책가를 설치해서 책들을 넣어 놓았다.

그 책들을 포쇄한다면, 그 책을 누가 이고 지고 갈 것인가? 당연히 학동들이 할 일인 것이다. 이제 그 많은 책을 지고 산을 올라야 할 판이니, 학동들 입이 딱 벌어질 수밖에.

"스승님, 제가 오, 오늘 집에서 모내기를 한다는 걸 깜빡 잊었습니다!"

다급하게 한 학동이 외쳤다.

"병구야, 너희 집은 무얼 하다가 칠월에 모내기를 한단 말이냐? 조선 천지에 그런 법은 없나니, 네가 감히 스승을 기망하려는 것이냐?"

"아, 제가 나, 날이 더워 잠깐 꿈을 꿨나 봅니다."

병구가 얼른 변명을 했다. 다행히 정생도 더 따지지 않았다. 그런데 다른 학동이 더듬거리면서 말을 꺼냈다.

"저, 스승님, 그런데 오늘은 칠석날입니다."

"응? 재동이구나. 오늘이 칠석이구나. 그런데 왜?"

정생이 부드럽게 말을 받자 재동이가 조금 기운을 내서 말했다.

"칠석날은 옥황상제를 노엽게 하여 귀양을 간 견우와 직녀가 1년에 한 번 만나는 날 아니겠습니까? 그렇게 만나게 하려고 까막까치들이 다리를 놓아 오작교라 부르지요. 그래서 은하수를 건너 두 연인이 서로 만나면 반가움에 눈물을 흘려 우리가 사는 속세에 비가 되어 떨어진다고 합니다."

"갑자기 무슨 옛날이야기를 하고 있느냐?"

재동이가 이제는 아주 기운차게 말했다.

"이제 중요합니다! 이렇게 칠석날이면 비가 오는데 이런 날 포쇄를 갔다가 비가 내리면 귀한 책이 홀랑 젖지 않겠습니까? 마땅히 포쇄는 길일을 잡아 다시 정하시는 것이 마땅할 것입니다."

정생이 그 말에 흠, 하고 헛기침을 하더니 몸을 기울여 하늘을 올려다보았다.

"오늘은 날이 창창하고 구름 한 점 보이지 않으니 비가 올 리가 없겠구나. 자, 허튼소리들 하지 말고 어서 짐을 꾸려라. 이러다간 산에 올라가 밥 먹을 시간도 없겠구나!"

결국 이리하여 모두 지게를 지고 책들을 하염없이 쌓아 올린 뒤 서당 뒤편 홍복산에 오르게 되었다.

*

학동들이 기진맥진해서야 꼭대기에 올랐는데, 사실 홍복산은 그리 높은 산은 아니다. 책만 없었다면 그렇게 힘든 일은 아니었다.

정상에 도착했다고 다 끝난 것도 아니었다. 책들을 잘 늘어놓아야 한다. 그 일이 다 끝나자 거의 점심때가 되었다. 정생이 점잔을 빼며 말했다.

"다들 수고했다. 계곡에 내려가 천렵을 해라. 나는 여기서 기다리고 있겠다."

접장이 슬그머니 몸을 일으켰다. 접장도 천렵을 가고 싶어 손발이 근질근질했던 것이다.

"자네가 가서 아이들 잘 살펴보도록 하게."

접장이 인사치레로 물었다.

"혼자 계셔도 되겠습니까?"

"예끼, 이 사람아. 내가 무슨 어린아이인가? 혼자 있으면 뭐 어때서? 여기서 호연지기를 느끼고 있을 테니, 준비가 다 되면 부르게."

"준비요?"

접장이 멍청하게 반문했다가 이내 활짝 웃으며 말했다.

"아아, 준비! 물론입죠. 제가 맛나게 준비 다 해 놓고 모시겠습니다."

접장과 학동들이 우르르 내려갔는데, 병구는 미적거리면서 따라나서질 않았다.

"너는 왜 안 가고 게 섰느냐?"

"저, 전 몸 쓰는 건 영 젬병이어서요."

"그래도 동무들과 함께 있어야지."

정생은 햇볕과 책들과 함께 있는 시간을 혼자 즐기고 싶었다. 하지만 병구는 움직일 생각이 없었다. 병구는 책 하나를 들어 책장을 넘기며 말했다.

"책 읽는 건 몸 쓰는 게 아니라서 좀 쉬워요. 하지만 저는 이것도 잘하지 못하거든요. 어떻게 하면 책을 잘 읽을 수 있을까요?"

"'독서백편의자현'이라는 말이 있느니라. 들어 보았느냐?"

"책을 100번 읽으면 뜻을 알게 된다는 말입니다."

"옳거니. 알고 있구나. 이렇게 책을 반복해서 읽는 것이 중요하다."

그러자 병구는 고개를 갸웃하더니 사방에 늘어져 있는 책들을 가리키며 말했다.

"하, 하지만 스승님, 세상에 책이 이렇게나 많은데 이 많은 책을 어찌 100번씩이나 또 읽을 수 있습니까? 다 보기도 전에 죽을 것 같은데요?"

"어허, 해 보기도 전에 못 한다고 하면 되겠느냐? 무오사화 때 돌아가신 김일손 어르신은 당나라 시인 한유의 글을 1000번이나 읽었으며 정승 노수신 어르신은 논어를 2000번을, 《어우야담》을 쓴 유몽인 어르신은 장자를 1000번이나 읽었다고 했느니라."

병구가 입을 딱 벌렸다.

"100번도 아니고 1000번, 2000번을요?"

"그건 아무것도 아니니라. 백곡(김득신) 선생은 58세가 되어서야 급제를 해서 참봉 벼슬을 받았는데, 그때까지 아니 그 후에도 얼마나 열심히 독서를 했는지 모른단다. 이분은 《사기》의 〈백이열전〉을 11만 3000번이나 읽었단다."

"네에? 10만 번이요?"

"10만 하고도 1만 3000번을 더."

"그게 가능한가요?"

정생은 그런 질문을 처음 받아 봤다. 보통 사람들은 그 엄청난 숫자에 놀랄 뿐이었는데, 병구는 의심이 많은 성격인 모양이었다.

"백곡 선생은 서재 이름을 '억만재'라고 했다. 책을 억만 번 읽겠다는 뜻이지. 선생은 36년 동안 만 번 이상 읽은 책들을 〈고문삼십육수독기〉라는 독서일기에 기록해 놓기도 했어."

"독서일기요? 그게 뭐예요?"

"자기가 읽은 책을 기록한 거란다. 백곡 선생은 총 34편의 책을 만 번 이상 읽었다고 적었단다. 모두 44만 1500번을 읽었다고 되어 있지."

"우아, 그럼 아까보다 더 많잖아요!"

"다산(정약용) 선생도 부지런히 독서한 사람 중 으뜸은 백곡 선생이라고 말할 정도로 열심히 책을 읽은 분이란다. 하지만 다산 선생도 저 숫자는 너무 많다고 생각해서 〈고문삼십육수독기〉는 후대에 누가 백곡 선생 이름으로 쓴 게 아닌가 생각하셨지."

"도무지 믿을 수가 없어요! 책 읽은 횟수를 대체 어떻게 셀 수 있죠?"

"책을 읽는 횟수는 서산(書算)을 이용해서 세면 된단다."

"서산이요? 여기서 좀 더 가면 서산(西山)이긴 한데… 거기 저희 집이 있어요."

"산 이름 아니고, 책 읽은 거 계산한다는 산(算)이다."

병구가 멋쩍은 듯이 헤헤 웃었다.

"서산이 여기도 어디 있을 텐데…."

정생이 책을 뒤적여 서산을 꺼냈다.

"요렇게 된 녀석인데, 아래쪽을 읽을 때마다 접어서 열 번을 접

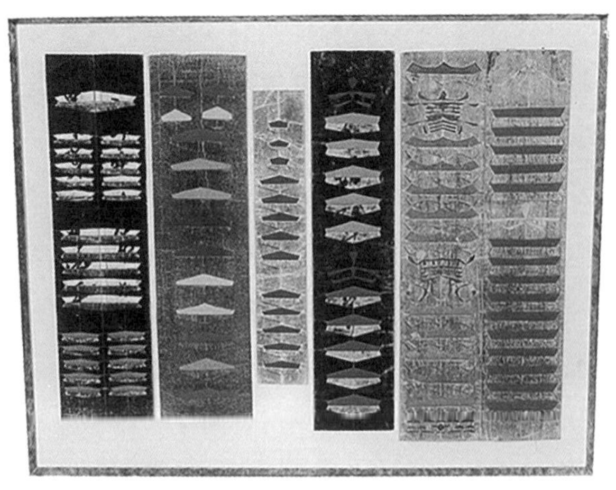

정생이 말하는 서산은 제일 오른쪽의 서산이다. ©국립중앙박물관

으면 위쪽을 한 번 접어서 표시를 하는 거다. 이건 위에 접는 부분이 다섯 번 가능하니까… 모두 몇 번 읽으면 하나를 다 쓰겠느냐?"

"네? 다섯 번이니까 50번이겠죠?"

"아니다. 위쪽을 다섯 번 접어도 아래쪽 열 번은 또 접을 수 있지 않으냐? 그러니까 모두 60번을 접을 수 있는 거다."

"오호라."

병구가 신기한 듯이 서산을 이리저리 살펴보다가 말했다.

"그런데 스승님, 이 서산은 한 번도 접은 흔적이 없는뎁쇼?"

"시, 시끄럽다. 이리 내놓아라!"

"새것이니까 기념으로 저 주세요."

"그, 그러든지!"

병구는 냉큼 서산을 챙겨 이리 접었다가 다시 폈다가 하면서 재미있어했다. 그제야 산에 올라온 피곤함이 몰려왔는지 정생이 두툼한 책 하나를 목침 삼아 베고 벌렁 누웠다.

"밑에서 전갈이 오면 깨우거라."

*

"일어나라."

정생은 누가 감히 반말로 깨우는가 싶어 졸린 눈을 비비며 몸을 일으켰다. 그랬더니 홍복산은 온데간데없이 사라지고 어떤 관청에 와 있는 것이 아닌가?

"이놈, 네 죄를 네가 알렷다!"

대뜸 등채로 자신을 가리키는 인물을 행색으로 보니 관찰사 나리 같아 보였다.

"이게 무슨 일입니까?"

"네놈이 감히 우리 아들이 적은 독서일기를 거짓부렁이라고 말하지 않았느냐? 하루에 서른서너 번 정도만 읽으면 36년 동안 44만 번을 읽는 것이 가능한데, 내 아들이 겨우 그것을 못 해냈겠느냐?"

그러면서 등채로 왼쪽 어깨를 딱 때리는 것이다.

“아이고, 대체 뉘신데…. 가만 백곡 선생의 아버지라면 경상도 관찰사를 지낸 남봉(김치) 선생?”

“그렇다. 나는 죽어서 명부를 다스리는 염라대왕이 되었느니라.”

정생이 정신을 가다듬고 말했다.

“산 자와 죽은 자가 유별한 법인데, 어찌 함부로 산 자를 데려와 징치코자 하십니까?”

“하하, 이놈 봐라, 제법 담이 크구나.”

“제가 돌아가면 다산 선생이 미처 계산을 다 하지 못하였다고 널리 알리도록 하겠으니 부디 속히 이승으로 돌려보내 주시옵소서.”

“흠, 약조하겠느냐?”

“물론입니다.”

“좋다. 그렇다면 돌아가서 해 줘야 할 일 하나를 주겠노라.”

“하명하십시오.”

염라대왕 김치가 뭐라 말을 하는데 잘 들리지 않았다.

“진지… 진지….”

“크게 말씀해 주십시오!”

“진지 드시죠! 훈장 어르신!”

그 말에 벌떡 일어나니, 접장이 개다리소반에 매운탕과 백반을 받쳐 들고 서 있었다. 정생이 황급히 베고 자던 책을 들어보니, 《계서야담》이 아닌가. 이 책에 김득신의 아버지 김치가 염라대왕이 되었다는 이야기가 적혀 있어서 그런 꿈을 꾼 모양이었다.

정생이 접장이 내민 개다리소반을 받아 들려는데, 왼쪽 어깨가 욱신거려서 팔을 들어올리기가 어려웠다. 급히 두루마기와 윗도리를 젖혀 보니 매를 맞은 것처럼 시커멓게 멍이 들어 있었다.

이후로 정생은 다시는 책을 베개 삼아 잠들지 않았다. 물론 서산은 여전히 접히는 일이 없었고 독서일기를 쓰는 일도 없었지만. 정생은 늘 이렇게 말하곤 했다.

“책이란 일단 사 놓으면 언젠가는 읽게 마련이지. 하지만 좋은 책은 봤을 때 사지 않으면 다시는 살 기회가 없는 법이고 사지 못하면 읽을 수도 없는 것이니, 책이란 사면 절반은 읽은 셈이야.”

궁녀의 비밀편지

언문일기(諺文日記)

언문일기는 한글로 쓴 일기다. 언문(諺文)은 조선 시대에 한글을 낮춰 부르던 말이다.

양주골 정생의 서당에 가을이 왔다. 정생이 헛기침하면서 서탁을 장죽(長竹)으로 탁탁 쳤다. 장죽에서 튄 담뱃불에, 앞자리에 앉은 학동이 깜짝 놀라 서책을 옆으로 치우는 소동이 벌어졌지만, 정생은 아랑곳하지 않고 점잔을 빼며 말했다.

"가을은 모든 것을 준비하는 때이니라. 가을이 깊어지니 말이 살찐다는 말이 있는데, 무슨 의미겠느냐?"

학동들은 서로 눈치를 보며 선뜻 말을 꺼내지 못했다. 정생이 노려보자 재동이가 쭈뼛거리며 입을 열었다.

"말이 살찌니, 잡아먹을 준비를 한다는 것이 아닐까요?"

"야, 이 녀석아! 말을 잡아먹으려고 키우냐?"

재동이가 얼른 머리를 감싸 쥐고 고개를 처박았다. 정생의 눈길이 이번엔 병구에게 향했다.

"가, 가을엔 먹을 게 많으니까 말도 살이 찌겠죠?"

"그게 준비한다는 것과 무슨 상관이냐?"

정생의 핀잔에 병구는 깨달음이 온 듯 자기 머리를 양손으로 두들겼다.

"말이 먹을 것을 준비해야 마, 말을 살찌울 수 있다는 뜻입니다!"

이번엔 정생이 자기 이마를 두들겼다.

"가을이 깊어지니 말이 살찐다는 것은 추고마비(秋高馬肥)*라 쓴다. 이 말은 가을이 되면 흉노의 말들이 살이 찌고 그러면 흉노가 말을 타고 침략해 오니 전쟁을 대비해야 한다는 뜻이다."

정생이 장죽을 다시 탁탁 치며 말했다.

"모두 이 네 글자를 쓴다. 추고마비."

병구는 첫 글자인 추(秋)부터 틀려서 초(秒) 자를 써 놓았다. 어떤 학동은 목화(木火)를 붙여서 써 놓았는데, 물론 이런 글자는 세상천지에 없다.

"이놈아, 나무 밑에 불이 난 '뛰어날 걸(杰)'은 있지만 나무 옆에 불이 난 글자는 세상에 없느니라!"

재동이는 이들보다는 좀 나아서 추고마(秋高馬)까지는 어찌어찌 썼는데 비(肥)를 쓰지 못하고 '멀떠구니 비(肶)'를 써 놓았다.

* 가을의 좋은 날씨를 가리키는 '천고마비'라는 말은 '추고마비'에서 변해서 된 말이다.

"에라이, 멀떠구니 같은 놈아!"

머리에 장죽이 떨어지자 재동이가 투덜댔다.

"추고마비! '비'라고 하셨잖아요!"

"그래서?"

재동이는 정생이 옆에 써 놓은 비(肥)의 오른쪽 한자 파(巴)를 가리켰다.

"저 글자는 '파'라고 읽지 않습니까?"

"그렇지."

재동이는 이번에는 자기가 써 놓은 비(朏)의 오른쪽 한자 비(比)를 가리켰다.

"이 글자는 '비'라고 읽지 않습니까?"

"그, 그렇지."

재동이가 당당하게 말했다.

"그러니까 스승님이 쓰신 건 '추고마파', 제가 쓴 건 '추고마비' 아니겠습니까!"

딱!

"네놈이 말한 건 형성문자니라. 음으로 쓰는 것과 뜻으로 쓰는 것이 합해서 만들어지는 것이지. 하지만 '살찔 비(肥)'는 '살 육(肉)'과 '꼬리 파(巴)'가 합해져서 만들어진 회의문자인 것이니라. 어디서 되지도 않는 소리를 하느냐?"

재동이가 아직도 억울한 듯이 말했다.

"아니, 스승님! 여기 어디에 '고기 육(肉)'이 있습니까? '달 월(月)'밖에 없지 않습니까?"

딱!

"'달 월(月)'과 '육달 월(⺼)' 자는 모양이 같아 보이니 주의해야 한다고 했느냐, 안 했느냐?"

재동이가 이제야 고개를 조아리며 말했다.

"하, 하셨습니다."

공연히 아는 척하나가 머리에 혹만 세 개 달고 말았다.

병구가 고개를 갸웃거리다가 말했다.

"그러니까 '고기 육'과 '육달 월'은 같은 글자입니까?"

정생은 큰 인내심을 발휘했다. 이래서 훈장의 똥은 개도 안 먹는다고 하는 거겠지.

"'물 수(水)'와 '삼수 변(氵)'도 같은 글자이고 '불 화'도 화(火)와 화(灬)로 모양이 변한다고 했느냐, 안 했느냐?"

"하셨습니다. 그런데 참 이상합니다. 왜 같은 글자가 옆에 있냐, 위에 있냐, 아래에 있냐에 따라 모양이 자꾸 변합니까?"

"그게 뭐가 이상하냐? 너도 누웠을 때, 앉았을 때, 서 있을 때, 달릴 때 모양이 다 다르지 않느냐?"

"그건… 그래도 저는 그저 저 아닙니까?"

"그렇지. 글자도 그저 같은 글자일 뿐이니라."

병구가 손을 올려 머리를 긁적긁적했다. 뭔가 이상한데, 딱 뭐가 이상한지 짚어 낼 수가 없는 기분이었다.

그때 뒤에서 광덕이가 조용히 손을 들었다. 멀리 25리나 되는 장흥골에서 오는 학동으로 양반가는 아니지만 열심히 공부하는 착실한 아이였다. 평소 말이 없는 아인데 뜻밖에 질문할 것이 있는 모양이었다.

"광덕이가 뭐 할 말이 있는가 보구나."

"스승님, 글자 이야기를 하시니 문득 생각나는 게 있습니다."

"뭐냐?"

"제자가 며칠 전에, 길에서 이런 것을 주웠는데 어떤 문자인지 도통 알 수가 없습니다."

그러면서 광덕이가 소매에서 종이 하나를 꺼내 들었다. 특별할 것이 없어 보이는 한지였는데, 과연 적혀 있는 것은 이상한 문자였다.

정생이 고개를 갸웃거리며 종이를 들여다보자 흥미가 땅긴 학동들도 모두 모여들어서 살펴보기 시작했다. 문득 뭔가 깨달은 듯 재동이가 주먹을 흔들며 말했다.

"스승님, 이거 일본 문자가 아닐까요? 일본의 간자(간첩)가 임진년(1592) 난리를 다시 꾸미고자 침투했다가 흘린 것이 분명합니다!"

정생이 고개를 흔들었다.

"일본 문자는 아니다. 일전에 책쾌 조생이 일본 책이라고 가져와서 보여 준 적이 있는데 문자 모양이 이와 다르다."

그러자 이번에는 병구가 말했다.

"절에서 만드는 불경에 쓰는 범어(梵語)가 아닐까요? 천축국(인도)에서는 우리와 다른 글자를 사용한다고 들었습니다."

정생이 이번에도 고개를 흔들었다. 접장이 입을 열었다.

"이거 생긴 게 언문과 비슷한 점도 좀 보입니다. 세종께서 언문을 만들 때 몽골의 파사파(八思巴) 문자를 참고했다고 하던데 이것이 혹시 그 문자는 아닐까요?"

정생이 눈살을 찌푸렸다.

"파사파 문자는 원나라 세조(쿠빌라이 칸)가 라마승 파사파에게 명하여 만든 것인데 언문과 다소 유사한 점이 없진 않으나, 명나라 태조께서 엄히 금한 문자인지라 난데없이 이곳에 나타날 리는 없을 것이야."

광덕이 말했다.

"세상에는 한자 말고도 글자가 많이 있는 모양입니다. 또 어떤 글자가 있습니까?"

종이 위의 글자와는 상관이 없는 질문이었지만 정생이 박학을 자랑할 기회였다. 정생이 헛기침을 하고 입을 열었다.

"문자를 쓰는 일이 일상화된 오늘에는 잘들 모르지만, 문자가 없어도 기억해야 하는 일들이 있었던 아주 먼 옛날에는 줄에 매듭을 지어 기억해야 할 일들을 표시했는데, 이를 '결승(結繩)'이라고 부른다. 그러다 삼황오제 중 황제(黃帝)의 사관이었던 창힐(蒼頡)이라는 이가 짐승과 새의 발자국을 보고 문득 깨달음을 얻어 문자를 만들어 냈는데, 이것이 바로 한자의 시초니라. 창힐이 문자를 만들어 내자 하늘은 오곡을 내려 축하했고, 용과 귀신들은 두려움에 떨었다고 한다. 문자는 그만큼 우리 인간들에게 큰 힘을 준 것이다."

재동이가 물었다.

"한자가 있는데 세종 임금님은 어찌하여 언문을 또 만드신 겁니까?"

"사람이 도리를 알아야 사람이 될 수 있는데, 한문은 어려워서 모든 사람이 배울 수가 없는 법이니, 백성들이 도리를 깨우치기 쉬운 글자로 언문을 만드신 것이다. 한문은 10년을 배워도 문리를 깨우치기 어렵지만, 언문은 하루 이틀만 배워도 써먹을 수 있으니 편리하기가 이만저만이 아니니라."

병구가 물었다.

"그럼 뭣 때문에 이 어려운 한문을 배워야 합니까?"

"중화의 전통이 오랑캐에 짓밟히고 끊어져 우리가 그 정통을 이어받은 지 이미 기백 년이 되었다. 우리가 한문을 배우지 않으면 어찌 공자와 주자의 가르침을 후세에 전할 수 있겠느냐? 성현의 도가 끊기지 않도록 우리가 한문을 배워야 하는 것이다."

병구가 고개를 갸웃거리다가 말했다.

"저희가 한문 공부를 하면, 한문 구절을 읽은 뒤에 우리말로 새기지 않습니까? 그럼 처음부터 우리말로 새긴 뒤에 그것을 공부하면 성현의 도리를 쉽게 배우고 끊어지지 않게 할 수 있지 않을까요?"

"어허, 그런 불경한 말을! 거란의 요나라도 자기 문자를 만들어 진서(한자)를 무시했다가 멸망했고 일본도 자기 문자를 가지고 있다 보니 성현의 도가 자리를 잡지 못하고 있으니, 끝내는 그 끝이 좋지 못할 것이니라. 우리는 백성들을 위해서 언문을 가지고 있기는 하나 사대부는 한문을 놓지 않고 있어서 소중화의 위치에 오를 수 있던 것이다. 이걸 잊어서는 아니 된다."

정생이 윽박지르기는 했지만 사실 그 자신도 평소 그런 의문이 있었기 때문에 다시 헛기침을 한 뒤 말을 돌렸다.

"이 글자를 보니 한자는 숫자만 있는 것 같다. 무슨 암호문 같기는 한데…."

접장이 무릎을 탁, 치며 말했다.

"그럼 이거 혹시 정북창(鄭北窓)이 남긴 예언은 아닐까요? 정북창은 스승님의 조상 아닙니까?"

물론 아니었다.

명종 때 신통력이 광대하다고 명성을 떨친 정북창은 본명이 정렴으로 온양 정씨였고, 정생은 경주 정씨로 관련이 없었다. 다만 정북창은 양주 진건골에 살았었고 워낙 유명한 터에 거기서 한참

이나 먼 곳에 사는 정생까지도 종종 그와 무슨 연관이 있는 것처럼 여겨졌는데, 정생이 굳이 정정하려 들지 않았을 뿐이다.

"호오, 정북창의 예언서라… 그럴듯하구나."

정생이 종이를 접어서 서탁 위에 올려놓았다.

"정북창의 예언서라면 국가의 안위와 관련되는 큰일일지 모른다. 이 종이는 내가 며칠 궁리를 해 보겠다. 놓고 가라."

정생은 혹시나 보물이 묻힌 곳을 가리키는 쪽지는 아닐까 하는 생각에 심장이 두근거렸다. 제자 잘 둔 덕에 팔자를 고칠지 모를 일이었다.

이튿날 아침 사랑채로 들어서던 정생은, 방 청소를 하고 있던 여종 버들네가 그 쪽지를 들여다보는 것을 보았다.

"무슨 짓이냐? 서탁의 물건을 함부로 보고 있다니."

"아이고머니나, 죄송합니다. 이 쪽지가 궁에서 사용되는 것인데 어찌 이곳에 있나 싶어서 잠깐 들여다보았습니다요. 용서해 주시와요."

정생의 안색이 확 변했다.

"뭐라? 궁에서 사용되는 것이라고? 그럼 너는 이게 뭔지 안다는 말이냐?"

드디어 금은보화를 얻게 될 거라고 생각하니 심장이 입 밖으로 튀어나올 것 같았다.

"그럼요. 쇤네의 조카가 무수리로 궁에서 일을 하고 있지 않겠습니까? 그래서 알아봤죠. 이건 궁녀들끼리 주고받는 문서랍니다."

어라? 정북창의 예언서가 아니었단 말인가.

"그, 그런가? 그럼 그게 무슨 말인지도 아는가?"

"그러문입쇼. 이렇게 쓰여 있네요. '홍망구소, 중망계, 백다식'이

라고요."

"대체 어떻게 그렇게 읽는단 말이냐?"

"ㄱ, ㄴ, ㄷ, ㄹ 순서대로 일, 이, 삼, 사로 쓰는 겁니다요. 여기 첫 글자는 십사(十四)이니 ㅎ자가 되고 밑에는 ㅗ가 있고 그 밑에 팔(八)은 ㅇ이니 이 글자는 '홍'이 되는 것입니다."

정생은 그 글자가 십사(十四)와 육(六)인 줄 알았다. 인제 보니 ㅗ 밑에 팔(八)이 붙어서 육(六)처럼 보였던 것이다. 거기서 잘못 보지만 않았어도 그 글자를 읽을 수 있었을 것 같았다. 그런데 버들네가 해 주는 말을 듣고 봐도 암호문같이 들어 보지 못한 말이었다. 정생은 한 가닥 희망을 품고 다시 물었다.

"홍망구소니 뭐니 하는 건 무슨 말인가?"

버들네가 깔깔 웃으며 말했다.

"홍망구소는 붉은색 둥그런 약과이고, 중망계는 네모난 유밀과, 백다식은 하얀색 다식입니다. 제사상에 올리는 과자들이죠."

그 말에 정생은 광덕이가 온릉 옆에 산다는 생각이 났다. 온릉은 중종의 왕비였던 단경왕후의 능이다. 이제 곧 추석이니 차례상을 준비하던 궁녀가 적어 놓은 쪽지가 어쩌다 떨어져서 광덕이 손에 들어갔던 모양이다.

정생은 객쩍게 방에서 물러 나와 하늘을 올려다보며 중얼거렸다.

"일장춘몽이 이런 것이겠구나."

왠지 모르게 언문이 원망스러운 정생이었다.

흐린 날의 달구경

야행일기(夜行日記)

야행일기는 밤에 돌아다닌 것을 쓴 일기다.

서당의 학동들이 모두 물러간 지 한참인데 접장이 갈 생각을 안 하고 있었다. 정생이 헛기침을 했다.

"흠흠, 자네도 그만 집에 가지, 그러나?"

"아, 쉬셔야 하죠? 제가 눈치 없이 오래 있었네요."

접장은 손에 쥐고 있던 책을 그대로 들고 일어났다. 저 인간이 책을 슬그머니 집어 가려고 그러는 건가 싶어서 정생은 다시 한 번 헛기침을 했다.

접장이 왜 그러나 싶어 정생을 돌아보다가 그의 눈길이 손에 멈춰 있는 것을 보고 히죽 웃었다.

"아, 이건 훈장 어르신 책이 아닙니다. 제가 심심풀이로 보고 있는 거예요."

정생은 영문을 알 수 없었다. 책은 비싼 물건이다. 양주골 같은 곳에서는 정말 구하기가 쉽지 않다. 책을 판매하는 책쾌가 들러야 책을 좀 구할 수가 있는데 그 가격이 만만치 않아서 미리 주문하고 책쾌가 오기를 기다릴 뿐, 책쾌의 책을 앉은 자리에서 사는 것은 정말 드문 일이었다. 책을 파는 가게인 서사(書肆)가 있으면 좋으련만 한양에도 몇 개 없는 서사가 촌에 생길 리도 만무했다.

양주골에서 그래도 책을 가장 많이 가지고 있는 사람은 정생이었다. 그래서 때로 책을 빌려 달라고 찾아오는 사람들도 있곤 했다.

정생은 체면상 거절하기도 어려워 못마땅한 속내를 감추고 빌려주었는데, 그러다 보니 어느 틈에 책들이 짝이 맞지 않기도 하고 중간에 찢겨 사라져 버린 쪽이 생기기도 했다. 그 후로는 사랑방에서 읽고 가라고 하고 잘 빌려주지 않게 되었다.

그래서 접장이 슬그머니 책을 들고 간다고 의심을 했던 것인데 심심풀이 책이라니 그게 뭔가 싶어 호기심이 올라왔다.

"심심풀이라니? 그게 대체 뭔가?"

"패관잡기라 훈장 어르신이 보실 만한 건 아닙니다."

감추려는 자세가 더욱 이상했다.

"그건 내가 알아서 판단할 것이니 이리 내보게."

"뭐라 하시진 마세요."

접장이 책을 내밀었는데, 표지에는 언문으로 '구운몽'이라 적혀 있었다. 그 뒤에는 숫자 三(삼)이 있었다. 세 번째 권이라는 이야기다.

펼쳐 보니 언문으로 내용이 죽 적혀 있는데 양소유라는 인물이 기생 계섬월을 만나는 이야기로 시작하고 있었다. 두세 장을 넘겨 보았는데 앞의 이야기를 모르는데도 흥미진진하기가 이루 말할 수 없었다.

"재미가… 좀 있으신지요?"

접장이 다시 자리에 앉으며 말을 붙였다.

"흠흠, 뭐 그렇구먼. 이 책은 어디서 난 건가?"

책은 여러 사람이 본 게 분명했다. 표지부터 손때가 묻어 꼬질꼬질했고 책을 깨끗이 다루지 않아서 여기저기 나달다달해진 데다가 어떤 곳에는 낙서도 있었다.

"세책가(貰冊家)에서 빌린 겁니다."

"세책가?"

"아, 모르셨어요? 방앗간 옆에 세책가가 들어왔습니다."

"세책가라… 책을 빌려주는 집이라는 말인가?"

"예예, 그렇습니다. 책을 빌려줍니다요."

"그럼 거긴 이런 패관잡기만 빌려주는 건가?"

"아… 그런 건 아닙니다. 죄송합니다. 제가 학문을 닦지는 않고 이런 잡기에 휘둘려서…."

정생이 손을 내저었다.

"아니야, 아니야. 사람이 가끔 이런 것도 볼 수 있지. 공부하다 잠시 쉬어 갈 수도 있지. 시정잡배가 쓴 책이라 해도 배울 게 있을 수 있으니. 삼인행필유아사(三人行必有我師)라 하지 않았던가."

'삼인행필유아사'란 《논어》에 나오는 말로, 세 사람이 길을 가면 그중에 반드시 내 스승이 될 만한 사람이 있다는 뜻이다. 뭐든 세상일에 배울 것이 있다는 의미로 말한 것이었다. 그런데 뜻밖에 접장이 빙그레 웃으며 말했다.

"이 소설은 시정잡배가 쓴 것은 아닙니다. 숙묘(肅廟, 숙종) 때 대제학을 지낸 서포(김만중) 대감이 쓴 것입니다."

정생은 살짝 놀라고 말았나.

"아니, 우암(송시열) 대감의 제자가 이런 잡설을 썼단 말인가?"

"그게 또 사연이 있습니다."

"무슨 사연이란 말인가?"

"서포 대감이 귀양을 갔을 때 일입니다요. 서포 대감은 효자로 소문이 난 사람이잖습니까? 어머니와 떨어져 귀양살이하는 게 제일 힘든 일이었다고 합니다. 귀양을 떠난 아들이 무사히 잘 지내고 있으니 걱정하지 마시고 이 재미난 소설을 읽으시라 지은 것이 바로 이 《구운몽》이라 합니다."

"호오, 그것참 대단하구먼."

"이 소설이 유행한 지가 100년이 넘었는데 훈장 어르신이 본 적이 없으시다니 그게 더 놀랍습니다."

정생의 이마에 살짝 핏대가 올랐다가 가라앉았다. 지금 접장 녀석이 날 능멸하려고 한 건가?

"나야, 이런 잡설을 볼 새가 없으니까 그런 거지. 자, 가져가게."

정생이 책을 툭 던지자 접장은 얼른 챙겨서 소매에 집어넣고 몸을 일으켰다.

"물러가겠습니다. 편히 쉬십시오."

접장이 간 후에 정생은 장죽에 담뱃잎을 챙기고 불을 댕겼다. 그런데 연초 맛도 잘 느껴지지 않고 머릿속에는 온통 양소유와 계섬월만 떠오르고 있었다.

참다못해 정생이 벌떡 일어나 도포를 챙겨 입었다.

'방앗간 옆이라고 했겠다.'

세책가에 한번 가 봐야겠다고 생각한 것이다. 물론, 이미 해가 졌으니 점포도 문을 닫았을 것이다. 하지만 혹시 모르는 일 아니겠는가? 아직 문이 열려 있을 수도 있고. 또 열려 있지 않다고 한들, 마을의 유지로서 새로 들어왔다는 점포 위치 정도 알아 두는 것은 나쁠 게 없는 일이었다. 오늘은 마침 보름날이니 등불 없이 길을 가기도 좋은 날이다. 좀 추워지긴 했지만 그렇다고 얼음이 얼 정도는 아니니, 길을 가다 미끄러져 자빠질 일도 없을 것이다.

그런데 생각보다는 날이 추웠다. 휘항을 하고 나왔어야 하나 싶기도 했으나, 어차피 어디 있는지 모르고 그걸 내 달라고 했다가는 아내가 이 밤중에 어딜 가느냐고 꼬치꼬치 물을 것이 분명해서 차마 말을 꺼낼 수 없었다.

그래도 방앗간까지는 그리 멀지 않은 길이니 꾹 참고 가기로 작정을 했다. 보름날이었지만 하필 구름도 많이 끼어서 길이 어두웠다. 등불을 가지고 나올 것을, 잘못했다. 등불이 있었으면 추위도 좀 덜했을 텐데.

요즘 들어 눈이 좀 더 침침해진 것 같은 기분이기도 했다. 정생은 이 밤중에 대체 이게 뭔 짓이람 하는 생각이 들어 되돌아가 집에서 솜이불 밑에 들어가 몸을 녹이는 게 좋지 않을까 궁리하기 시작했다.

그때 저 앞쪽에서 뭔가 검은 물체가 어른거렸다. 뭐지, 싶어 눈을 가늘게 떠 보는데, 그쪽에서도 잠시 움직임을 멈췄다. 이쪽을 바라보는 사람이 아닌가 싶었다. 손에 뭔가 긴 것을 들고 있는데 장검일지도 몰랐다. 정말 칼 든 강도라면 안 만나는 게 최고다. 하지만 지금 뒤돌아서면 오히려 쫓아올지도 모르는 일이라 섣불리 움직일 수도 없었다.

그런데 그놈이 홱 뒤돌아서서 다른 길로 가기 시작했다. 마을에 수상한 도적놈이라도 들어온 것인가 싶은데 모른 척하기도 애매하고, 그렇다고 무작정 쫓아가기도 좀 겁이 나는 일이었다.

"여보시오. 게 좀 서 보시오!"

명색이 마을 유지인데 수상쩍은 사람을 그냥 보낼 수는 없는 일이라 없는 용기를 쥐어짜 자꾸 멀어지는 상대를 큰 소리로 불렀다. 그 사람은 움찔 놀라는 모양새를 보이더니 그 자리에 잠시 섰다가 정생 쪽으로 걸어오기 시작했다.

"어이쿠, 이게 누구신가, 훈장 아닌가?"

그렇게 말하는 이는 환갑이 지난 오 진사였다. 지팡이를 짚고 다니는 할아버지였는데, 그 지팡이를 장검으로 오해했던 것이다. 오 진사라는 것을 아니, 도망치지 않고 순순히 자기 앞으로 온 것도 이해가 됐다. 어차피 불편한 걸음걸이로 도망쳐 봐야 금방 따라잡힐 게 분명했던 것이다.

"진사 어르신, 이 밤에 여기까지 웬일이십니까?"

"아, 그, 다, 달이 밝아서 달구경을 나왔지 뭔가. 오늘이 보, 보름이라…."

그러면서 팔을 휘젓는데 소매가 따라 올라가지 않고 축 처진다. 소맷자락에 책이 들어 있는 것이 분명했다. 구름이 끼어서 달빛도 안 보이는데, 무슨 달구경. 정생은 그 순간 눈치챘다. 세책가에 다녀오는구나!

"세책가에 다녀오시는 거죠?"

오 진사가 화들짝 놀라더니 배시시 웃었다.

"아, 알고 있었나? 내 그래서 다른 길로 가려고 했는데…."

그러더니 흠흠 헛기침을 하고는 말했다.

"그, 뭐냐, 내가 보려는 것이 아니고… 내가 어디 그런 잡설이나 볼 사람인가? 아내가 소일거리로 좀 빌려 달라고 하는데 사대부 여인이 점방에 나다닐 수는 없으니 내가 몸소 나온 거라네."

"아무렴입쇼. 그럼 살펴 가십시오."

정생이 꾸벅 인사를 하자 오 진사는 살았다는 듯이 허둥지둥 발걸음을 옮겼다.

정생은 짐작 가는 바가 있어서 천천히 방앗간 방향으로 길을 잡았다. 서둘러 가다가 아는 얼굴이라도 만나면 난처할 것 같았다. 멀리 불빛이 보이는데 당연히 방앗간은 꺼져 있고 그 건너편 집에 불이 켜져 있으니 그곳이 세책가인 게 분명했다. 길을 가는 동안 황 초시가 지나가는 것을 보았고, 배 정승네 하인 돌이가 그곳에서 나오는 것도 봤다. 늘렀을 때 책이나 남아 있겠나 싶도록 사람들이 많이도 들르고 있었다.

정생은 눈치를 보다가 드디어 주변에 아무도 보이지 않을 때 세책가 안으로 훅 뛰어들었다.

"어서 오십쇼!"

점방 안에는 서가가 빼곡히 들어서 있는데, 감투를 쓰고 있는 중년 사내가 얼른 인사를 하며 나왔다.

"여기가 책을 빌려준다는 곳인가?"

"그렇습니다. 없는 책이 없으니 한번 살펴보시지요?"

"흠, 그런가. 그 뭐더라…《구운몽》도 있는가?"

정생이 대뜸 본론으로 들어갔다.

"아내가 그게 보고 싶다고 성화를 부려서 말일세."

"《구운몽》도 있기는 한데, 지금은 다른 분이 먼저 빌려 갔습니다."

접장 놈이 빌려 갔겠지. 정생이 입맛을 다셨다.

“그럼 언제 책이 돌아오는가?”

“내일이나 모레면 들어올 것입니다.”

“모레 다시 옴세.”

그렇게 나가려는데 주인이 소매를 탁 잡았다.

“어디 《구운몽》만 책이겠습니까? 《구운몽》 같은 책을 좋아하시면 이 책도 좋아하실 겁니다.”

주인이 그렇게 말하면서 책을 하나 내미는데 《전우치전》이라고 되어 있다.

“이 소설도 재미있나?”

“재미로야 《구운몽》보다 낫지요.”

“그래? 그럼 한번 보도록 하지. 아내가 좋아할지 모르겠구먼.”

“네, 한 권에 닷 전입니다.”

아차, 돈을 내야 한다는 생각을 하지 못했다. 그런데 닷 전이라니, 이 장사가 제법 괜찮은 장사인 셈이었다. 《전우치전》만 해도 세 권이나 되었다. 정생이 수염을 쓰다듬으며 말했다.

“내 깜빡 잊고 오늘은 돈을 아니 가져왔네. 역시 다음에 들르겠네.”

주인이 웃으며 말했다.

“어려운 걸음을 하셨는데 어찌 그냥 가시겠습니까? 돈은 내일 주시면 되니 외상으로 하시죠.”

"외상이라고?"

"네, 여기 사시는 곳만 말씀해 주시면 됩니다."

"아, 나는 양주골 훈장 정생이라네."

그러자 주인은 얼른 정생의 이름을 적어 넣었다. 정생이 괜히 흐뭇해서 돌아오다 문득 이런 생각이 들었다.

이 책들이 이리 잘 팔린다면 가져가서 자기가 옮겨 적은 뒤에 사람들에게 빌려줄 수도 있지 않겠는가? 앞으로 책을 빌려 갈 때 책세를 내라고 해야겠다는 생각도 함께 들었다. 세책가의 소설은 아니지만 자기도 남 부럽지 않게 책을 가지고 있으니.

이러다 부자 되는 거 아닌가 하는 흐뭇한 생각에 빠져 집으로 돌아가는데 저 멀리서 누가 오는 것이 보였다. 그런데 아뿔싸! 접장이 분명했다.

정생은 얼른 몸을 돌려 오던 길을 되돌아가려고 했다. 그런데 접장이 눈치도 없이 고함을 질렀다.

"여보시오. 게 좀 서 보시오!"

접장은 젊은 사람이라 여기서 달음박질을 해 봐야 따라잡힐 게 분명했다. 정생은 책을 소매에 얼른 집어넣고 접장 쪽으로 몸을 돌렸다.

"아니, 이 밤중에 여긴 웬일인가?"

"아, 훈장 어르신인 줄 모르고 그만 실례했습니다. 저는 《구운몽》을 반납하려고 왔습죠. 이게 늦어지면 세를 더 내야 하거든요."

접장이 책을 흔들며 말했다.

"그, 그렇군. 나는 그, 저, 달, 달구경을 나왔다네. 그럼 가 보게."

얼른 가라고 손을 들어 흔드는데, 소매에 책 세 권은 무리였나 보다. 소맷자락의 솔기가 투둑 뜯어지며 책이 땅바닥에 떨어졌다. 접장이 놀라서 정생을 쳐다보았다.

"그, 그, 아내가 소, 소일거리로 비, 빌려 달라고 해서… 말일세."

접장이 말했다.

"물론 그러시겠죠. 훈장 어르신은 이런 잡설을 읽을 시간이 없으시잖습니까."

아무래도 접장의 말투가 억지로 웃음을 참는 것처럼 들렸다. 정생의 이마에 살짝 핏대가 올랐지만 할 말이 없었다. 이 모든 게 아홉 개의 구름 속에서 꾼 꿈이었으면 하는 생각뿐이었다.

천하제일 주정꾼

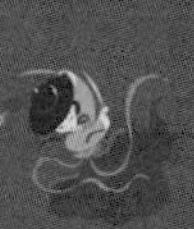

연희일기(演戱日記)

연희일기는 공연을 즐기고 기록한 일기다. 연희(演戱)란 오늘날의 공연을 가리키는 말이다.

"훈장 어르신, 훈장 어르신! 큰일 났습니다!"

접장이 대문 너머에서부터 두 팔을 휘두르며 소리를 질러 댔다. 암행어사 출또라도 하는 건가? 정생이 깜짝 놀라 자리에서 벌떡 일어났다.

아니지. 시골 서당에 뭔 암행어사 출또냐? 정신을 차린 정생이 흠흠 헛기침을 하며 벌떡 일어나는 통에 잃어버린 체면을 챙겼다.

"이놈! 아침부터 무슨 호들갑을 이리 떠는 게냐? 대체 무슨 일이냐?"

그랬더니 하늘이 무너질 듯 소리를 지르며 달려온 접장은 사레가 들려서 말을 못 하고 있었다. 마당쇠가 우물에서 물을 길어 올려 한 대접 먹게 한 뒤에야 접장이 콜록거리면서 말을 꺼냈다.

"오 진사, 오 진사네… 켁켁…."

"아이고, 오 진사 어르신이 기어이 가셨구나. 날씨가 쌀쌀해지더니만 결국 못 견뎌셨구나! 아이고, 아이고."

접장이 눈을 화등잔만 하게 뜨더니 두 손을 휘저었다.

"아니, 아닙니다! 돌아가신 게 아니라… 켁켁… 그 댁 손자가… 오 진사 댁 손자가 이번 전시(殿試)에 급제했다고 합니다!"

그 말에 정생도 잠시 숨이 멈췄다. 오 진사 댁 손자, 오명하는 지난봄에 1만 5000명이나 모여서 겨우 스무 명을 뽑았던 향시 생진과(생원과 진사를 뽑는 시험)에 합석하고 얼을 후 치른 대과에서도 합격하여 한양에서 치는 문과에 응시할 수 있게 되었다.

문과는 한양의 성균관에서 공부한 선비와 한성시에 붙은 선비들과 함께 치르기 때문에 뚫고 올라가기가 불가능한 시험이라 할 수 있었다. 그런데 오명하가 한양에서 임금님 앞에서 치른 과거에 붙었다는 것이다.

"그, 그게 정말이냐?"

"정말이고말고요. 제가 큰일이라고 했잖습니까? 병과 23등이라 합니다."

정생이 눈살을 살짝 찌푸렸다. 병과 23등이면 꼴찌다. 모두 33명을 뽑는데, 갑과 3명, 을과 7명, 병과 23명이 그 대상이었다. 갑과 1등이 바로 장원급제였다.

"훈장 어르신, 병과 23등이 무슨 문제입니까? 조선팔도에서 33등을 한 건데요."

"그래, 네 말이 맞는다. 석진이는 집에 왔느냐?"

"네? 석진이가 누굽니까?"

쥘부채가 부르르 떨렸다. 하지만 정생은 때리고 싶은 마음을 간신히 억눌렀다.

"오명하의 자(字)가 석진이다. 석진이가 집에 왔느냐?"

과거에 급제한 사람의 이름을 함부로 부를 수는 없는 법이다. 자는 스승이나 집안 어른이 붙여 주는 또 다른 이름이다. 정생이 붙여 준 거면 좋겠지만 그렇지는 않았다. 사실 정생의 서당에 오명하는 석 달 정도만 다녔다. 천자문을 뗀 뒤에 오명하는 오 진사의 사촌 동생인 안동 오 진사네 집으로 보내졌다. 정생에게 글을 배워봐야 과거 급제는 꿈이라는 걸 알고 도산서원에 들여보내려고 안동으로 갔던 것이다.

하지만 도산서원엔 들어가지 못했고, 그곳에서 독선생을 불러 공부를 좀 더 한 뒤에 돌아와 양주 향교에 입학했었다.

"지금 유가(遊街) 준비가 한창입니다. 걸립패도 불러오고 관가에서 기생도 보내 주었다고 합니다. 훈장 어르신도 어서 가 보시죠."

유가는 과거 급제자가 하는 거리 행진을 가리킨다. 이때 광대 무리인 걸립패와 기생들이 재주도 부리고 연주도 하며 흥을 돋운다.

정생이 고개를 끄덕이며 수염을 쓰다듬은 뒤에 한 벌 있는 비단 도포를 걸치고 접장과 함께 서당을 나섰다.

유가 행렬을 찾는 것은 어렵지 않았다. 풍악 소리가 동네 가득 울려 퍼지는 중이었으니까.

"여기네요! 어서 오세요!"

앞서간 접장이 손을 흔들었다. 그렇다고 양반이 체통 없이 달음박질칠 수는 없는 노릇. 정생은 팔자걸음으로 느릿느릿 걸어갔다.

"비켜라, 훈장 어르신 오셨다!"

접장이 큰 소리로 인파를 열었다. 정생은 헛기침하며 부채를 펴 얼굴을 살싹 가렸다. 동네 사람들에게 좀 우세스러웠다.

유가 행렬의 맨 앞에는 붉은 천에 싼 문서 주머니를 든 세 사람이 앞장서고 그 뒤에 광대들이 피리와 대금을 불고, 해금을 켜며, 장구, 북을 울리며 신나게 연주하고 다른 광대들은 춤을 추며 따라갔다. 그리고 그들 뒤로 어사화를 꽂은 오명하가 눈을 내리깔고 말 위에 올라앉아 있었다. 나중에 들어 보니 으스대려고 그런 게 아니라 너무 피곤해서 눈이 반쯤 감겼던 거라고 했다. 어사화를 붙든 명주실을 입에서 놓치지 않은 것만 해도 천만다행이었다.

저 녀석이 천자문 가르친 공을 까먹고 서당은 안 들르면 어쩌나 했지만, 다행히 서당 앞에서 멈춰 예를 올려 주었다. 정생은 그야말로 뿌듯해져서 어디 편액이라도 장만해서 '과거 급제자 배출 서당'이라고 붙일 수는 없을까 하는 망상까지 했다. 그럼 서당에 아이들이 미어터질 텐데.

유가 행렬은 오 진사 집으로 향했고, 집에서는 이미 잔치 준비가 한창이었다. 걸립패들은 어름사니 공연을 위해 줄을 걸어 놓았고, 대문 앞에서는 농환(弄丸)이 벌어졌다. 양손으로 공을 돌리는 건데, 처음에는 한 개였다가 어느 틈에 세 개, 다섯 개, 아홉 개로 늘어났다.

그렇게 아홉 개의 공을 던지며 대문을 넘어서니 박수가 우레처럼 울려 퍼졌다.

"어서들 들어오십시오. 오늘 급제하신 오 나리를 위해 양주, 아니 조선 팔도 최고 광대들의 연희가 펼쳐집니다요!"

농담이 아닌 듯이 농환을 하던 광대는 집 안마당에 서자 공을 하나씩 칼로 바꾸기 시작했다. 잠시 후에는 번쩍번쩍하는 칼 일곱 자루가 허공을 날았다. 보고 있는 것만으로도 머리털이 쭈뼛 섰다.

또 다른 쪽에서는 버나재비가 가느다란 대나무 막대 위에 커다란 대접을 돌리고 있었다. 처음에는 하나였지만 어느 틈에 양손과 머리에까지 대나무를 올려서 신나게 돌렸다.

또 한쪽에서는 기생 둘이 화려한 색동저고리를 입고 빛나는 쌍검을 휘두르며 검무를 추는 중이었다. 그 놀이 사이를 살판쇠가 아슬아슬하게 재주를 넘으며 오가고 있었다. 저렇게 계속 돌면 어지러워 쓰러질 것 같은데도 점점 더 빨리 도는 것이 정말 놀라울 지경이었다.

이미 마당 곳곳에 버드나무 자리가 깔려 술판이 벌어졌고 벌겋게 얼굴이 익은 손님도 여럿 보였다. 정생도 한잔 생각이 안 나는 건 아니었지만 구경거리가 이리 많고 술이 떨어질 리도 없으니 먹고 마시는 건 좀 천천히 해도 될 것 같았다. 그때 문득 큰 소리가 허공에서 울려 퍼졌다.

"오늘, 왜들 모이셨는가 하면, 우리 고을 양반 중의 양반 오 진사 나리 댁의 손자 도령께서 당당히 대과에 급제하여 상감마마로부터 어사화를 하사받고 금의환향한 것을 축하하기 위해서 모이셨습니다요!"

고개를 들어 보니 어릅사니가 부채를 펼쳐 들고 상대 위에 올라 동아줄 위로 발을 옮기며 말을 하는 중이었다.

"우리 양주 걸립패로 말할 것 같으면, 저 청나라에서 사신이 오면 상감마마 앞에서 산대희(山臺戲)를 펼치던 조선 대표 광대올시다! 산대희란 무엇이냐? 모화관 앞에 100척 넘는 산붕(山棚, 무대)을 만들어 그 안에서 연희를 펼치는 것이 바로 산대희올습니다! 팔도에서 600명이나 되는 광대가 모여드는데 그중 으뜸이 바로 우리 양주 걸립패였습니다요. 우리가 산대희를 펼치면 청나라 사신들이 얼굴을 쳐들고 구경하다가 바닥을 보다가 정신이 하나도 없습니다."

"연희 보다가 뭣 때문에 바닥을 보는가?"

밑에서 다른 광대가 질문을 던졌다.

"아, 그야 놀라서 떨어져 나간 턱을 다시 주워야 하니까 그렇지요!"

폭소가 터져 나왔다.

"턱이 문제가 아닙니다. 구경하던 사람들이 구름처럼 몰려들어 밟혀 죽는 일까지 있었습니다요."

그때 흥을 깨는 소리가 들렸다.

"흥! 그래 봐야 조선 안에서 노닥거리는 것밖에 더 되나? 그렇게 자신 있으면 북경에 가서 연희 판을 벌여 봤어야지!"

광대패도 놀라고, 사람들도 놀라 소리가 난 곳을 쳐다보았다. 술이 불콰하게 오른 박 선달이 호리병을 들고 흔들며 소리쳤다.

"우리나라를 도륙 낸 되놈들에게 아양이나 떠는 게 무슨 놈의 자랑질이냐고!"

선달은 본래 무과 급제자에게 붙는 칭호인데, 무과에 급제를 했는지 안 했는지 잘 모르겠지만 오래전부터 선달로 불리는 노인이었다. 술주정이 심해서 마을에서 사람 취급을 안 한 지 한참 된 주정뱅이기도 했다.

"박 선달, 많이 취한 모양이군. 말이 심하네."

박 선달 친구인 노 선비가 말리려고 들었는데 소용이 없었다.

"나는 말이야! 저 왜놈들 나라에 가서 마상재(馬上才)로 왜놈들 야코 죽이고 왔다 이거야! 국위를 떨치려면 나 정도는 했어야지! 어디 광대 놈들이 잘난 척이야! 잘난 척!"

마상재는 말을 타고 재주를 부리는 것으로, 정조가 편찬한《무예도보통지》에도 실린 무예 중 하나다. 본래 일본에 가는 사신단을 통신사라고 불렀는데, 임진왜란 후에 사라졌다가 광해군 때 다시 통신사가 가고 금상(순조) 신미년(1811)에 간 바 있었다. 그것이 한 20년 전의 일인데 박 선달이 그때 사행에 있었던 모양이다.

"아이고, 저희가 몰라뵈었습니다! 통신 사행단의 마상재를 하신 분이 계시다니!"

어름사니가 줄 위에서 꾸벅 허리를 굽혀 인사를 했다.

"허허허, 그럼, 그럼. 이제야 사람을 알아보는구먼."

박 선달이 기분 좋은 너털웃음을 터뜨렸다.

"그런데 죄송하옵지만, 나리의 관직은 어찌 되시나요? 마상재는 군관 중에서도 최고로 우수한 나리가 하는 걸로 압니다. 그런데 '선달'이라고 아까 누가 부르던데요?"

그랬다. 마상재는 정예 군관이 맡았고, 일본에서 구경하던 사람들도 감탄을 금치 못했다. 서커스단을 흔히 곡마단(曲馬團)이라고 불렀는데, 그 이름의 유래도 마상재에 있었다.

"이, 이놈이! 그럼 내가 거짓말을 한다는 거냐? 일본에선 '조선의 마상재가 천하제일'이라고 할 만큼 격찬을 받았느니라!"

어름사니가 줄 위에서 손뼉을 치다가 휘청했다. 사람들이 깜짝 놀라 '악' 소리를 질렀다. 어름사니는 아무 일도 아니라는 듯 능청맞게 이야기를 시작했다.

"조선의 마상재는 천하제일이 맞습니다요. 한데 이 몸이 소싯적 관가에서 통인 노릇을 해서 좀 아는 바가 있습니다요. 신미년에 간

통신사에는 마상재를 할 군관이 동행하지 않았는데 말입쇼. 영묘(영조) 때인 갑신년(1764)에 일본에 갔었단 말입니다요."

어름사니가 줄 위에서 펄쩍펄쩍 뛰면서 말을 이었다.

"물경 60여 년이 지났으니 박 선달 나리께선 강보를 쓴 아해였을 텐데, 마상재를 하셨다니 엄청납니다요! 엄마, 젖 줘! 이러면서 말 등에 누웠다가, 엄마, 쉬했어! 이러면서 말 등에 우뚝 섰다가 막 이러셨을 거 아닙니까?"

어름사니가 줄 위에 드러누웠다가 발딱 일어나 오줌 누는 시늉을 하자 좌중에선 폭소가 쏟아졌다.

"네, 네 이놈! 감히 양반을 욕보이다니!"

박 선달이 격분해서 줄을 매달아 놓은 기둥을 발로 쾅 걷어찼다. 줄이 출렁하면서 어름사니가 하마터면 떨어질 뻔했다. 박 선달이 다시 기둥을 발로 차려는 순간, 농환꾼이 허공에 돌리고 있던 칼을 좌르르 손에 감아쥐더니, 휙휙휙 번개처럼 박 선달에게 날렸다. 날아간 칼이 박 선달의 소맷자락과 바짓자락을 기둥에 박아 버리고, 갓을 날려 버렸다.

"이, 이게 무슨 짓이냐?"

박 선달의 안색이 싹 변했다. 어름사니가 다시 중심을 잡고 말했다.

"이게 바로 천하제일의 비도술이올습니다. 고구려 막리지 연개소문의 솜씨 아니겠습니까? 연개소문이 당나라 군대를 상대로 이렇게 비도술을 휙휙휙 날렸다지요."

그때 오 진사가 눈살을 찌푸리며 앞으로 나왔다. 오 진사가 박 선달을 가리키며 말했다.

"이놈, 이게 무슨 짓이냐?"

오 진사가 하인들에게 손짓을 했다.

"술에 취하면 앞뒤 못 가리는 저 인간 내쫓아라. 잔칫집의 흥을 깨도 유분수지!"

하인들이 즉각 달려들어 박 선달을 답삭 들어 올려 대문 밖으로 내동댕이쳤다. 사람들이 박장대소를 하는 가운데 누군가가 큰 소리로 외치는 소리가 들렸다.

"주정 하나는 천하제일입니다."

정생은 그래도 박 선달이 마을 어른인데 너무 함부로 대하는 것 같아 마음이 좋지 않았다.

"어허, 말이 심하구나."

정생은 못 일어나고 버둥대는 박 선달을 일으켜 담벼락에 기대어 앉혔다. 박 선달이 눈을 감은 채 중얼거렸다.

"이, 이놈들… 바다 건너서 이름을 떨치는 게 쉬운 일인 줄 아느냐? 그런 줄 아느냐고."

그러더니 그대로 고개를 떨구고는 드르렁거리며 잠에 빠져들고 말았다. 잠꼬대를 '이랴, 이랴' 하는 것으로 보아 꿈에서 천하제일의 마상재를 펼쳐 해외 사람들의 박수갈채라도 받는 모양이었다.

언젠가는 그의 꿈이 그 후손들 품에서 이루어져 세상 사람들이 한류라 부르며 환호하게 될 거라는 건 정말 꿈에도 모른 채 정생의 손을 말고삐처럼 꽉 쥔 채로.

덕분에 정생은 박 선달이 눈을 뜰 때까지 꼼짝없이 붙들려 잔칫집 담장 너머에서 쫄쫄 굶었다. 역시 먹을 수 있을 때 먹었어야 하는 거였다!

호가호위

착호일기(捉虎日記)

착호일기는 호랑이를 잡은 일을 쓴 일기다. 착호(捉虎)는 호랑이를 잡는다는 뜻이다.

한 해의 마지만 날인 섣달 그믐이 되었다. 설 전에는 준비할 것이 많다. 차례 음식은 물론 새 옷도 준비해야 하는 법이다.

"아, 내 정신!"

정생의 아내가 문득 탄식하듯 내뱉는 소리에 정생은 일단 등골에 소름부터 잡혔다. 저런 소리를 내면 뭔가 중대한 것을 놓친 것이다. 귀찮은 일이 생기기 전에, 눈에서 사라지는 게 최고라 생각하고 살금살금 안방에서 나가려는 찰나에 아내가 말했다.

"여보, 어디 가세요?"

"어, 흠흠, 사랑에 가려고 그러는 거지요. 그믐밤에 갈 데가 어디 있겠습니까?"

"별일 없는 모양이니 조 과부네에 가서 보따리 하나 받아 와 주세요."

조 과부는 교하로 시집을 갔던 여인인데 일찍 남편이 죽어 과부가 된 사람이었다. 부부 사이에 아이도 없었던 터라 양주로 돌아오게 되었다. 사대부 여인의 개가는 허용이 되지 않지만, 평민의 경우는 크게 흠이 되지는 않았으니 새 출발을 하라는 시댁의 배려가 있었던 것이다. 그런데 기근이 심했을 때 캐어 온 나물과 버섯에 안 좋은 것이 있었는지 부모 형제가 모두 죽고 조 과부도 반쯤 죽었다가 살아났다. 그 후에 삯바느질로 입에 풀칠을 하며 홀로 지내고 있었다.

"조 과부네서 보따리라니? 그게 무슨 말입니까?"

"이제 현아도 일곱 살이 되니 창의와 전복, 복건을 만들었는데, 받아 오는 걸 깜빡했네요."

"마당쇠를 보내면 되지 않습니까?"

"그래도 설인데 집에 가 봐야죠. 아까 버들네랑 내보냈어요. 자고 내일 아침 일찍 올 거예요. 더 늦기 전에 빨리 다녀오세요."

마당쇠와 버들네는 부부다. 마당쇠는 평소에는 정생의 집 행랑에서 자곤 했는데, 집이 가까운 곳이라 일이 있으면 달려갈 수 있었다. 그렇다고 명절에 쉬라고 보낸 마당쇠를 다시 불러올 수는 없었다. 거기다 음식 준비하느라 바쁜 삼월이에게 다녀오라고 할 수도 없는 노릇이었다. 정생도 더 발을 뺄 수가 없었다. 두루마기와 갓을 챙기고 등롱을 들고 집을 나섰다. 겨울 해가 짧아 벌써 어두워지기 시작했지만, 양반 체면에 빨리 걸을 수는 없었기에 시오리 떨어진

조 과부네에 도착했을 땐 발끝이 안 보일 정도로 깜깜해졌다.

"게 있는가?"

조 과부의 초가삼간에 등불이 보이질 않아서 정생은 사립문 밖에서 소리를 냈다. 삯바느질을 하는 집이라고는 해도 과부 집에 남자가 함부로 들어갈 수는 없는 법이었다.

"뉘신지요?"

안에서 조 과부 소리가 들렸다. 혹시나 집에 없는 거면 어떡하나 했는데, 등불이 아까워 일찍 잠자리에 들었던 모양이다.

"양주골 훈장일세."

안에서 부스럭거리는 소리가 들렸다. 섣달그믐 추운 밤인데도 옷을 벗고 자리에 누웠던 모양이다. 옷을 입고 자다 보면 뒤척이다가 찢어지기도 하는 법이라 가난한 집은 웬만하면 옷을 벗어 놓고 잤다. 가난한 집에서는 등잔 기름도 아깝고 옷 솔기 하나도 소중하니 어쩔 수 없는 일이었다.

조 과부가 문을 열고 나왔다. 한 손에 보따리가 들려 있다.

"훈장 나리가 오실 줄 모르고 부끄러운 모습을 보였습니다. 죄송해요."

조 과부가 연신 고개를 조아렸다. 조 과부의 치마저고리는 누더기라고 해도 될 만큼 기운 곳투성이였다. 이제 서른 남짓한 나이인데도 그보다 열 살은 더 들어 보였다.

"괜찮네. 자리에 들었는데 찾아오게 되어 민망하이. 그럼 편히 쉬게.”

“잠시만 기다려 주세요. 또 한참 가셔야 하는데….”

조 과부는 그러더니 후다닥 부엌으로 들어가 나무 찬합을 하나 들고나왔다.

“가시면서 입이 심심하시면 드세요. 솜씨는 별로 없지만 새해라 명태전을 좀 담았습니다.”

“어허, 뭘 이런 것을. 나는 됐네. 내일 들게나.”

정생이 손사래를 쳤지만 조 과부가 부득부득 손에 들려 주었다. 조 과부가 바느질은 잘했지만, 음식 솜씨는 별로였다. 전에도 조 과부가 보낸 생선전을 먹다가 가시가 걸려 죽을 뻔했었다.

“아 참, 고개를 넘어가면 지름길이긴 하지만 그쪽으로는 가지 마시고 좀 돌아가도 큰길로 가세요.”

“음? 무슨 일이 있는가? 명화적이라도 나온다던가?”

“명화적이면 차라리 괜찮을 텐데, 산군이 있다고 합니다.”

정생이 흠칫 놀랐다.

“산군? 호랑이가 있다고? 흠, 누가 보았다고 하던가?”

“쇤네가 오늘 빨래터에서 우연히 들은 거라 누가 보았는지는 모르겠지만 조심하는 게 상책 아닐까 해서요.”

“알았네.”

정생은 가볍게 인사를 하고 조 과부네 집을 떠났다. 금방 고갯길 아래까지 오게 되었다. 정생은 고갯길을 올려다보며 고민에 빠졌다. 올 때 고갯길을 넘어서 왔는데 아무 이상한 것이 없었다. 하지만 호랑이가 있다고 하는데 그걸 올라갈 배짱이 생기질 않았다.

"하지만 돌아가면 길이 세 배는 늘어날 텐데…."

정생이 중얼거리며 서성였다. 이미 여기까지 오는 것도 힘들어서 다리가 뻐근했는데 몇 배나 길을 돌아가야 한다고 생각하니 죽을 맛이었다. 누구라도 동행이 생기면 넘어갈 마음이 들 것 같았는데 주변에 사람 하나가 보이질 않았다.

"거기 뉘시오?"

반대편에서 부르는 사람이 있었다. 고개를 넘어온 사람이었다. 갓을 쓴 것을 보니 양반인 모양이었다.

"양주골 훈장이오. 뉘시오?"

"아, 훈장 어르신! 배진구올습니다."

배 정승네 손자였다. 아직 장가는 가지 않은 열여덟인데 헛상투를 올려 갓을 쓰고 다니고 있었다. 정생이 가슴을 쓸어내렸다.

"이 밤중에 어디 가는 길인가?"

"술도가에 갑니다. 집안 어르신들이 벌써 다들 한잔씩 하고 계셔서 술이 다 떨어질 판이라서요."

그런 걸 귀한 도령이 혼자 갈 리가…라고 생각하는데, 배진구 뒤로 하인들이 서너 명이나 보였다.

"혹 고개 넘어오다가 이상한 일은 없었나?"

"이상한 일이라니요? 그믐밤이라 어둡긴 했지만 아무 일도 없었습니다."

"그렇군. 그럼 일 보게."

그냥 헛소문일 것이다. 깊은 산도 아닌데 이런 곳에 호랑이가 있을 리 없다. 어제 있었어도 오늘은 없을 것이다.

정생은 씩씩하게 고개를 올랐다.

하지만 고갯마루에 가까워질수록 심장이 빠르게 뛰기 시작해서 입만 벌리면 튀어나올 것 같아지고, 엄동설한인데도 식은땀이 이마에서 흘러내리기 시작했다. 차라리 배신구를 따라서 술도가에 갔다가 같이 어울려 돌아오는 것이 낫지 않았을까 하는 후회가 뒤늦게 찾아왔다.

정생의 발걸음이 점점 빨라지고 있었다. 양반의 체면이고 뭐고 보는 사람도 없으니까 달음박질이라도 쳐서 여길 벗어나야 한다는 생각뿐이었다.

그리고 고갯마루에 도착했을 때, 정생은 보고 말았다.

화등잔만 한 눈이 고갯마루 옆 숲속에서 불을 뿜고 있었다.

정생은 그 자리에 못 박힌 듯 꼼짝을 할 수가 없었다.

한 발짝만 움직여도 저 화등잔이 허공을 날아와 자신의 목을 덥석 물어 버릴 것 같았다. 발을 움직이기는커녕 숨도 제대로 쉴 수가 없었다.

어쩌지, 어쩌지, 어쩌지, 어쩌지, 어쩌지!

손이 덜덜덜 떨리는데 덜그럭 소리가 어디선가 났다. 그 소리에 깜짝 놀라 몸을 있는 대로 움츠리다가 알았다. 손에 들고 있던 보따리 안의 나무 찬합이 부딪치는 소리였다.

정생은 보따리의 매듭을 손으로 더듬어 조심스럽게 풀었다. 안에 들어 있는 명태전을 손에 잡히는 대로 들어서 길옆 숲속으로 던졌다. 동작을 크게 하면 호랑이가 달려들까 싶어 재빠른 손짓으로 던졌다. 그러나 정생이 생각해도 호랑이 덩치에 명태전으로 만족할 리가 만무할 것만 같았다.

그렇다고 딱히 무슨 방도가 있는 것도 아니니 정말 난감해서 한 일에 불과했다. 그런데 뜻밖에도 화등잔은 명태전 던진 쪽으로 스르르 돌아가더니 수풀 속으로 사라져 버렸다.

달아나고 싶었지만, 정생의 다리가 도통 움직이질 않았다. 정생은 여기서 못 뛰면 죽는다는 생각에 자기 뺨을 두어 번 때리고는 걸음아 날 살려라, 하고 달음박질쳤다. 양반의 체통이고 뭐고 아랑곳하지 않았다.

간신히 대문 앞에 도착한 정생은 그제야 옷매무새를 고쳤다. 손이 그때까지도 덜덜 떨려서 풀어진 옷고름을 어떻게 다시 맸는지도 모를 판이었다. 용케도 옷 보따리는 흘리지 않고 왔다. 그걸 떨어뜨릴 정신도 없었던 것 같다.

새해가 밝았다. 정생은 밤새 호랑이에게 쫓기는 꿈을 꾸는 바람에 잠을 설쳤다. 아침에 차례를 지내자마자 배 정승 댁을 찾아갔다. 마을 어르신에게 세배를 드린다고 찾아간 것처럼 꾸민 것이고, 진짜 목적은 배진구를 만나는 것이었다.

"여보게, 초재!"

초재는 배진구의 호였다.

"훈장 어르신 오셨습니까? 세배 받으시지요."

배진구가 세배를 올리겠다고 자꾸 말하는 것을 정생이 손사래를 치며 막았다. 정생이 나직하게 배진구에게 물었다.

"세배는 무슨. 새해 복 많이 받게. 그런데 자네 어젯밤에 돌아올 때 혹시 그거 못 봤나?"

"그거라뇨?"

"고개 넘어오다가 그거 못 봤느냐고?"

"그거가 뭔지는 몰라도 고개 넘어올 때 쥐새끼 하나 못 봤습니다."

"저, 사실은 내가 넘어오다가 개호주를 봤단 말일세."

산군이나 개호주는 모두 호랑이를 가리키는 말이다. 호랑이가 개를 물어가는 일이 왕왕 있어서 개의 주인이라는 뜻으로 개호주라고도 불렀다.

"아니, 산군이 정말 있었단 말입니까?"

"쉿! 조용히 하게."

"그런 이야기를 술도가에서 듣긴 했는데…."

"내가 두 눈으로 똑똑히 보았단 말일세."

"그럼 이럴 때가 아니잖습니까? 빨리 관아에 소를 올려 착호군을 불러야 하지 않습니까?"

호랑이가 나타나면 호랑이 잡는 군대를 따로 불러야 한다. 그들을 가리켜 착호군이라고 불렀다. 원래 군대를 동원하려면 병부(兵符)가 필요하다. 어디 그뿐인가. 군대를 동원하려면 병조에서 임금님의 재가를 받아야 한다. 그런데 호랑이가 나타난 경우는 예외에 속했다.

호랑이가 일으키는 재난, 즉 호환을 막기 위해 먼저 군사를 모아도 되었다. 착호장이 착호갑사들을 이끌고 호랑이 사냥에 나서게 되는데, 이때 물론 몰이꾼은 따로 필요했다. 이게 보통 문제가 아니었다. 고을에 큰 폐해를 끼치기 때문이었다.

정생이 혀를 차며 말했다.

"착호군이 동원되면 글겅이질이 얼마나 심한지 말도 못 하네. 3년 전에 한 번 겪어 봤지."

3년 전에 배진구는 아직 댕기 머리를 한 소년이었기 때문에 그런 문제를 알지 못했다.

"글겅이질이라고요?"

"군사들을 먹여 살리는 일을 누가 해야 할 것 같은가? 남정네들은 모두 몰이꾼으로 나가야 하고 개까지 다 데리고 나가서 미끼로 써야 한다네. 호랑이가 빨리 잡히지 않으면 산속에서 먹고 자야 하는데 그것도 보통 일이 아니지."

"아하, 그렇군요. 그럼 어쩌죠?"

"자네가 나보다 늦게 돌아왔는데 그때 개호주가 나타나지 않은 걸로 봐서 이건 작은 놈일 것 같네."

"작은 호랑이는 잡아도 포상이 별거 없지요?"

정생이 고개를 끄덕였다.

"크게 무서운 놈이 아닐지도 몰라. 다친 사람도 없으니 아직 새끼일지도 모르고."

그 말에 배진구가 의견을 하나 내놓았다.

"그럼 번거롭게 하지 말고 우리 집 하인들을 데리고 수색을 한번 나가 보는 게 좋지 않을까요? 진짜 있는지, 얼마나 되는 놈인지 알아본 뒤에 대책을 세우는 게 좋지 않을까요?"

정생이 무릎을 탁 쳤다.

"좋은 생각이네. 내가 어제 그놈을 유인한 바 있으니 거기 가 보면 놈의 발자국이 남아 있을 걸세. 가서 확인해 보세."

이리하여 정생과 배진구는 하인 넷을 데리고 다시 고갯길로 갔다.

"내가 어제 여기서 그놈을 딱 마주쳤는데, 재빨리 명태전을 집어 던졌더니 그쪽으로 휙 갔단 말이지. 그 틈에 집으로 돌아갈 수 있었네."

"정말 대단하십니다. 저는 엄두도 못 낼 이야기네요."

배진구가 입을 딱 벌리며 감탄했다. 정생은 한껏 기가 살았다.

"그래, 저기가 그곳이네."

정생이 가리킨 곳으로 하인들이 달려갔다. 그들이 막대를 들어

풀숲을 헤치며 호랑이 흔적을 찾기 시작했다.

"어, 이거!"

하인 하나가 깜짝 놀라 말했다.

"여기 죽은 놈이 하나 있습니다!"

그러더니 하인이 뭔가를 들고 정생 쪽으로 다가왔다. 호랑이가 죽어 있다니 보통 일이 아니었다. 조 과부가 무슨 억하심정이 있어서 명태전에 비상이라도 넣지 않고서야 일어날 수 없는 일이었다. 정생이 침을 꼴깍 삼켰다.

하인이 다가와서 들고 온 걸 내밀며 말했다.

"이게… 호랑이가 아닙니다."

배진구가 하인이 들고 있던 걸 보더니 배를 잡고 웃기 시작했다.

"아니, 이건… 훈장 어르신, 이건 호랑이가 아니라 새끼 여우네요. 하긴 한밤중에 보면 여우도 호랑이처럼 보일 수도 있겠죠. 하하하."

그놈의 여우가 명태전을 먹다가 가시가 목에 걸리는 바람에 숨통이 막혀 죽었던 모양이다.

"훈장 어르신, 창피해하지 마십쇼. 이것도 호는 호입니다. 여우도 호(狐)라고 하지 않습니까. 그래서 호가호위(狐假虎威)라는 말도 있고요. 하하하."

정생은 얼굴이 빨개져서는 어젯밤보다 더 빠르게 고개를 내려갔다. 그나마 관청에 알리지 않아 다행이었다. 하마터면 착호군(捉

虎軍)을 불러 착호군(捉狐軍)을 만들 뻔하지 않았나. 그랬으면 호랑이도 없는데 착호군을 불렀다는 기군망상(임금을 속임)의 죄가 되었을지도 몰랐으니.

중화척의 비밀

어사일기(御史日記)

어사일기의 어사(御史)는 암행어사가 제일 유명하지만 임금의 명을 받고 파견되는 신하는 모두 어사라고 하며, 다른 이름의 어사도 여럿 있었다.

이월 첫날을 머슴설날이라고 부른다. 정월 설날에 쉴 수 없었던 머슴들이 쉬는 날이다. 하인들에게 술과 음식을 내려 주고 즐겁게 놀도록 한다. 이제 이튿날부터는 농사 준비로 바빠지기 때문에 그 전에 즐기도록 배려한 것이다.

"스승님! 오늘은 머슴도 노는 머슴설날인데 오늘도 공부합니까?"

학동들이 자리에 채 다 앉기도 전에 재동이가 대뜸 불만을 나타냈다.

"너희는 머슴이 아니잖느냐? 머슴이라고 생각하면 나가서 놀거라."

정생이 짧은 수염을 쓰다듬으며 바로 면박을 주었다. 하지만 재동이는 물러날 줄 몰랐다.

"아니, 그럼 저희는 언제 놉니까? 학동 설날도 만들어 주십시오!"

접장이 어이없어하면서 재동이 머리를 콕 쥐어박았다.

"이 녀석아, 너흰 설날에 놀았잖아."

"저희도 내일부터 농사 준비에 바쁘단 말입니다. 그러니 오늘은 놀아야…."

재동이의 뻔뻔한 말에 접장이 다시 주먹을 치켜올렸다. 재동이는 황 초시 댁의 외동아들이다. 양반 집안의 도령이니 쟁기는커녕 호미도 쥐어 본 적이 없는 주제에 마치 농사일을 하는 것처럼 웃기지도 않는 말을 한 것이다.

"아니, 아니, 제가 아니라 광덕이가 그렇다는 겁니다."

재동이 때문에 난데없이 광덕이가 끌려들어 왔다. 광덕이는 평민 집안 아이라 농사일을 도울 수도 있긴 했다. 멀리 장흥골에서 글을 배우겠다고 정생의 서당까지 찾아오는 기특한 아이기도 했다.

정생이 담뱃대로 서안을 탁 내리치며 말했다.

"재동이 이 녀석, 왜 얌전히 있는 광덕이 핑계를 대느냐? 너희는 오늘이 머슴설날이라는 것만 알고 중화절이라는 것은 모르느냐?"

재동이가 담뱃대가 머리로 날아오는 건 아닌가 하고 머리를 감싸 쥐고 있다가 말했다.

"중화절이 무엇입니까? 중화의 도를 숭상하는 날입니까?"

"그 중화(中華)가 아니라 중화(中和)라 쓰느니라. 어디 보자, 여기 어디 두었는데….”

정생이 일어나 벽장을 열고 뭔가를 찾기 시작했다. 그러더니 자 하나를 꺼내 들었다. 대나무로 만든 자였다.

“이것이 무엇인지 알겠느냐?”

학동들이 몰려들어 살펴보았다. 병구가 먼저 말했다.

“포백척인 것 같습니다.”

포백척은 옷감을 재단할 때 쓰는 자다.

“이건 포백척보다 좀 더 작은 크기다.”

이번에는 광덕이가 말했다.

“그럼 영조척이 아닙니까?”

영조척은 건물을 지을 때 사용하는 자로, 포백척보다 작았다.

“영조척도 아니다. 이것은 중화척(中和尺)이라고 하는 것이다. 중화절에 임금님이 신하들에게 나눠 주는 것이지.”

그러자 재동이가 깜짝 놀란 말투로 말했다.

“와, 그런 게 왜 스승님한테 있어요? 설마 훔치신 건….”

다시 접장의 주먹이 재동이 머리 위로 콕 하고 떨어졌다.

“아이고, 저놈이 언제 사람 구실을 하게 되려나.”

정생이 한숨을 내쉬고 말을 이었다.

“중화척은 선대왕(정조)께서 내 백부에게 하사하셨던 물건이니라.”

재동이가 머리를 감싸 쥐고 말했다.

"백부면 큰아버지니까… 지난여름에 돌아가신 분 아닙니까? 그런 게 왜 스승님께 있습니까? 지난 장례식 때 훔치신…."

재동이는 말을 하다가 입을 틀어막고 제일 구석 자리로 도망쳤다.

"허허, 그놈 참. 내가 그런 도둑놈이면 어찌 사람을 가르치는 자리에 있겠느냐? 이건 내가 과거를 보러 간다고 백부께 인사를 드리러 갔을 때 상감마마의 기운을 가까이하라고 주셨던 물건이다."

낙방 후에 돌려주는 것이 마땅한 물건이었지만 정생은 모른 척하고 그냥 꿀꺽 삼켜 버렸다. 과거에 붙으면 돌려드리겠다고 말했는데, 지금까지 과거에 붙지 못했으니 계속 가지고 있을 뿐이라고 정생은 마음속으로 생각했다.

"임금님이 중화척을 신하들에게 나눠 주는 이유는 뭔가요?"

광덕이가 물었다.

"좋은 질문이다. 원래 중국의 제도인데 선대왕께서 도입을 하신 것이다. 중화절의 '중화'란 《중용》에 나오는 말로, 만물이 중화에서 자라난다는 말에서 가져온 것이다. 이월이 되면 봄이 와서 농사를 시작하니 그 첫날을 기념해서 중화절이라 부른 것이다."

정생이 중화척을 들어 올렸다.

"자라는 것은 길이를 정확하게 재기 위해 사용하는 것이다. 그러니 매사 정확히 하고 어긋나지 않게 하라는 뜻으로 나눠 주는 것이다. 관리란 백성들을 보살피는 사람이니 공정함을 잊어서는 안 된다는 뜻이니라."

정생은 자를 이리저리 돌려 보이며 말했다.

"중화척은 반점이 있는 대나무나 붉은색 나무로 만드는데, 이것은 대나무로 만들어진 것이다. 선대왕께서는 '이것은 국왕의 신임을 뜻하니 신들은 능력을 다해 과인을 보필하라'고 말씀하셨다."

정생은 마치 자신이 듣기라도 한 것처럼 이야기를 했다.

"그리고 이 중화척에는 또 다른 사연이 있지."

정생은 아련한 눈길이 되었다. 구석에 있던 재동이가 얼른 그 눈길에 부응했다.

"첫사랑과 연관된 이야기라도 있으십니까?"

"그런 건 아니지만…."

병구가 바짝 당겨 앉으며 말했다.

"말씀해 주십시오!"

광덕이도 눈을 반짝이며 말했다.

"말씀해 주십시오!"

심지어 접장도 헛기침을 하더니 말했다.

"말씀해 주시지요?"

정생이 고개를 흔들었다. 어디다 대놓고 말할 수는 없는 일이었다.

*

정생이 스무 살 때 한양에서 증광시가 치러진다는 말이 나왔다.

증광시는 각 지방에서도 치러지는데 경기도는 한양에서 함께 시험을 치게 되어 있었다. 이 때문에 정생도 한양으로 가 과거를 봐야 했다.

그런데 하필이면 한양 남쪽의 수원에 사는 백부가 정생을 불렀다. 중화척을 부적처럼 내려 줄 테니 받아 가라는 것이었다. 물론 그것뿐이었다면 정생도 굳이 길을 둘러 가는 걸 사양했겠지만 부자인 백부가 노잣돈을 보태 줄 것이 분명했으므로 수원을 들러 인사를 올리고 중화척을 받았다.

두둑한 노잣돈도 받고 다시 북쪽으로 올라가던 정생은 한시라도 빨리 한양에 도착하려고 무리해서 길을 가다가 산속에서 방향을 잃고 말았다. 깜깜하고 아무것도 보이지 않는 산속에서 길도 아닌 곳을 걸어가다가 결국 지쳐서 멈추고 말았다.

달이라도 있었으면 좋았을 텐데 그믐 때라 달빛도 보이지 않았다. 그나마 때가 겨울이 아니어서 얼어 죽을 걱정은 없었다. 하지만 따로 먹을 것을 챙기지 않아서 뱃가죽이 등가죽에 붙을 판이었다.

깊이 한숨을 내쉬며 나무둥치에나마 기대어 눈을 붙이려고 하던 참에 멀리서 가물대는 불빛을 보았다. 천만다행이다 싶어 억지로 나무와 덤불을 헤치고 그곳을 찾아갔다. 그러다 보니 과거 보려고 차려입은 깨끗한 도포며 갓이 모두 엉망진창이 되고 말았다. 완연히 망해 먹은 비렁뱅이 선비 꼴이 되고 만 것이다.

도착해 보니 산속에 있는 집치고는 제법 멀쩡해 보였다. 초가집도 아니고 기와를 올려놓은 것을 보니 손님도 충분히 맞을 만해 보였다.

“이리 오너라.”

정생이 살았다는 기분으로 우렁차게 외치자 마치 기다렸다는 듯이 문이 열렸다.

“아니, 왜 이리 늦으셨습니까?”

문 안에서 비단치마를 감아쥐고 분칠을 하얗게 한 미녀가 만면에 미소를 띠며 정생을 맞이했다. 이게 대체 웬일인가? 정생은 뭔가 잘못된 것 같은 기분이었지만 그래도 침착함을 잃지 않고 입을 열었다.

“험! 지나가던 과객인데, 산속에서 길을 잃어 하룻밤 유숙할까 들렀소. 이 몸은 양주골의….”

그러자 미녀의 눈이 순간적으로 동그랗게 커졌다.

“아니, 무슨 비렁뱅이가…. 저쪽으로 내려가면 민가가 있으니 그리로 가시오. 난 또 사또 나리 오신 줄 알았더니… 허 참.”

정생은 그제야 알았다. 여긴 보통 민가가 아니라 기생집, 기방이었던 것이다. 기생이 가리킨 방향을 보니 여전히 불빛 하나 보이지 않는데 얼마나 걸어가야 할지도 알 수 없는 노릇이었다. 이곳이 기방이면 먹을 것이 있을 터였고, 자기 전대에는 돈냥도 들어 있으니 굳이 어딜 갈 필요가 있겠나 싶었다. 한창인 20대이다 보니 말로만 듣던 기방이 어떤 곳인지 보고 싶다는 생각도 들었다.

“어허, 야박하기가 이를 데 없구나. 이 몸은 양주골의 정생인데 이번에 열리는 과거를 보러 가는 선비이니라. 이 늦은 시각에 어딜 가겠느냐? 이곳은 기방인 모양인데 객을 내친다니 말이 되느냐? 요기 좀 하고 눈만 붙이면 되니 하루 묵어 가도록 하지.”

그러면서 정생이 전대를 흔들어 돈이 있다는 것을 소리로 들려주었다. 기생의 얼굴에 살짝 미소가 떠올랐다.

“과거 보러 가는 선비셨군요. 행색을 보고 미처 몰라뵈어서 죄송합니다. 안네 오늘 마침 현감 나리가 들르신다고 하여 다른 객은 받을 수가 없습니다.”

“내, 마치 없는 듯이 조용히 있을 터이니 일단 요기만 좀 하게 해 주게.”

때를 맞춰 정생의 배에서 꼬르륵 소리가 나니 기생이 웃음을 터뜨리고 말았다. 이렇게 사정을 한 덕분에, 봉놋방에 자리를 잡고 요기를 할 수 있었다. 배가 부르고 나자 문득 현감이 괘씸하게 여겨졌다. 고을의 현감은 관내의 기생에게 수청을 받을 수가 없는 것이 국법인데 감히 기생과 놀아나다니 있을 수 없는 노릇이었다. 그러고 보니 이런 산속에 별장처럼 집을 지어 놓은 것도 세상눈에 안 보이게 하려는 수작일 것이 분명했다.

더구나 수원 내려갈 때 이 동네에 하룻밤 머물렀는데, 환곡 문제가 보통이 아니라는 한탄을 들은 바도 있었다. 수령이 제대로 백성을 보살피고 있지 않은 것이 분명했다.

밥상을 치우러 들어온 하인에게 정생이 말을 걸었다.

"잘 먹었네. 주인께 인사를 드리고 싶으니 이리 오시라 해 주겠나?"

기생이 오자 정생이 가볍게 인사를 했다.

"대접이 변변치 않아 죄송합니다. 오늘은 날이 날인지라 송구하게 되었습니다."

"괜찮네. 그런데 현감이 여길 오면 관리숙창률(官吏宿娼律) 위반이 아닌가?"

관리숙창률이란 수령이 자기 관할의 기생과 동침할 수 없다는 규정이다. 기생의 눈동자가 불안하게 흔들렸다.

"요, 요즘 세상에 누가 그런 걸 따집니까요?"

"누군가는 따지겠지? 이곳 사또는 진휼곡을 내놓지 않고 다 환곡으로 처리한 뒤에 포흠곡도 악착같이 긁어내고 있다고 하던데…."

가뭄이 들었을 때 구제를 위해 무상으로 내주는 쌀이 진휼곡이다. 환곡은 나중에 갚기로 하고 빌려주는 쌀이다. 하지만 가뭄이 또 들면 갚을 수가 없으니 그것을 탕감해 주기도 했다. 하지만 갚으라고 닦달을 해도 못 갚을 때는 포흠곡이라 하여 유예를 시켜주는데, 포흠곡은 결국은 갚아야 하는 것을 미뤄 준 것뿐이라 나중에라도 내야 했다.

"그, 그런 것까지… 호, 혹시 선비님은…."

기생이 머리를 조아렸다. 정생은 호기롭게 개다리소반 위에 탁 소리를 내며 뭔가를 꺼내 놓았다. 기생이 살그머니 고개를 들어 바라보았다.

"이것이 무엇인지 아는가? 바로 상감마마께서 지방 수령들을 공정하게 처리하라고 내주신 유척(鍮尺)이야."

유척은 암행어사가 마패와 함께 지니고 다니는 신물이다. 유척이 정생 손에 있을 리는 없었다. 정생이 호기롭게 내려놓은 것은 백부에게 빌린 공화척이었다. 어쨌든 상감마마께 받은 건 맞으니까.

"그, 그럼 선비님은 아, 아, 암행어…."

"쉿! 조용히 하게."

기생이 나지막하게 물었다.

"어사 나리, 그런데 유척이라는 건 나무가 아니라 구리로 만들어지는 거라 들었사온데…."

기생이 그런 걸 알 줄이야.

"요즘 나라 재정이 좋지 않아 특별히 나무로 만들었네. 미리 말하지만, 마패는 내가 이미 감영으로 보냈으니 곧 나졸들이 올 것이야."

기생이 마패를 보여 달랄까 봐 미리 선수를 친 것이다.

"나리, 나리, 제발 저희 사또 나리를 살려 주십시오. 이번 한 번만 살려 주십시오. 소첩이 포흠곡은 징수치 말라 말씀 올리겠습니다."

"네 말을 사또가 듣겠느냐?"

"그러믄입쇼. 소첩의 말이라면 한밤중에 속곳 차림으로 동네 순라를 돌라고 해도 듣습니다요!"

정생이 점잔을 빼며 말했다.

"자네 간청이 그러면 내가 며칠 고을에 머물며 지켜보겠네. 하지만 제대로 일이 처리되지 않으면 바로 암행어사 출또를 보게 될 것이야."

기생이 연신 고개를 조아렸다.

"잘 압니다. 잘 알고말고요. 아무 염려 마십시오."

정생은 속으로 킥킥 웃으면서 몸을 일으켰다.

"이만 가 봐야겠네. 자네와 내가 함께 있었다고 하면 사사로이 공무를 봐줬다는 소문이 날 것이니 내가 왔다는 말은 결코 해서는 안 될 것이야."

"명심, 또 명심하겠나이다."

"훈장 어르신, 인제 그만 일어나시죠?"

접장이 깨우는 소리에 정생이 눈을 떴다. 점심을 과하게 먹었는지 식곤증이 몰려와 잠을 청했다가 옛날 일이 꿈에 나온 것이다. 감히 백면서생 주제에 관직을 사칭하였으니 죽을죄를 짓긴 했지만, 덕분에 많은 백성이 목숨을 건졌다. 정생은 모두 이 자 덕분이었다고 생각하고 대나무로 만든 중화척을 쓰다듬었다.

다산과의 논쟁

답청일기(踏青日記)

답청일기는 답청을 즐기고 남긴 일기다. 삼월삼짇날에 산이나 들에서 노는 것을 답청이라 불렀다.

"훈장 어르신, 가시지요?"

접장이 마당에서 외쳤다. 정생이 끙 소리를 내며 자리에서 일어났다. 방문을 여니 쌉쌀하지만 상큼한 봄바람이 꽃향기를 머금고 버드나무 가지 휘어지듯 부드럽게 밀려 들어왔다.

"날씨가 참 좋구나."

하늘에는 서기가 어리듯 구름조차 새하얗게 빛나고 있었다. 저 남쪽 하늘 아래서는 과거가 열리고 있을 것이었다.

"과것날이라 그런지 날이 더 좋습니다."

접장이 물색없이 빙글빙글 웃으며 말했다. 정생은 미간을 찌푸렸다. 이루지 못한 꿈이 저 남녘에 있었다.

사계절마다 특별한 날에 과거를 치는데 그것을 절제(節製)라 부른다. 겨울에는 정월 초이레에 치는데 인일제(人日製)라 하고, 봄에는 바로 오늘인 삼월 삼짇날에 치는데 그것을 화제(花製)라고 한다. 여름엔 칠월 칠석날 치르는 오제(梧製), 가을엔 구월 구일 날에 치르는 국제(菊製)가 있어 계절마다 한 번씩 치르게 되는 것이다.

야망을 품은 선비들이 먹을 갈고 붓을 적실 오늘, 이젠 그런 희망도 모두 사라진 채 꽃구경이나 가는 자신의 신세가 어쩐지 처량했다. 정생이 착 가라앉은 목소리로 하늘을 올려다보며 말했다.

"그렇지. 천하의 명필 왕희지가 삼월 삼짇날에 명사 마흔 명과 더불어 회계 산음에 있는 정자 난정(蘭亭) 물가에 모여서 놀았는데, 이때 지은 시들을 모아 왕희지가 글을 썼으니 그것을 〈난정집서〉라고 부르지. 이 글씨를 가리켜 천하제일의 행서(行書)라 부른다네. 글을 쓰는 이라면 누가 왕희지와 같은 글씨를 써 보고 싶지 않겠나."

접장이 고개를 끄덕끄덕했다.

"제가 듣기로는 그때 왕희지는 많이 취해 있었다고 하던데, 오늘 훈장 어르신도 대취한 후에 일필휘지를 남겨 보시죠!"

접장의 실없는 소리에 정생이 껄껄 웃었다.

"그래, 어디 그럼 답청을 한번 가 보지."

삼월이라 삼짇날. 제비가 돌아오는 날이라고 하는 이날에 푸르러지기 시작하는 들판을 지나, 산에 놀러 가는 것을 답청(踏靑)이라 부른다. 말 그대로 푸르름을 밟는 날이다. 또는 새로 돋아난 풀을 밟는다고 하여 답백초(踏白草)라고도 부른다.

오늘은 양주골의 내로라하는 양반이 모두 모이게 되어 있었다. 홍복산 계곡에 있는 백석정에서 만나기로 약조했는데 정생이 도착하자 대부분의 사람이 와 있었다.

"훈장 어르신 오셨습니까?"

제일 먼저 인사를 올린 사람은 정생의 제자이기도 한 오 진사의 손자 오명하였다.

"너는 조정에 나가지 않고 어찌 이곳에 있느냐?"

오명하가 비록 꼴찌로 붙긴 했지만, 과거에 급제하였는데 답청에 온 것이 희한했다.

"아직 발령을 못 받았습니다. 명을 기다리는 중이죠."

오명하가 뒤통수를 긁적이며 말했다. 권세가의 자제들이 과거를 치지 않고 가문의 힘으로 관직에 나가는 문음(文蔭)이 성행하고 있어서 과거에 급제해도 벼슬을 못 하는 경우가 종종 있었다. 오명하는 할아버지가 진사를 한 것이 마지막인 집안이고, 진사는 대과를 치지 못한 것이라 집안이 기울대로 기운 상태였다. 그러니 아직 벼슬도 받지 못하고 있었다.

"걱정하지 말게. 곧 더 좋은 자리로 가겠지."

"네! 걱정하지 않고 있습니다."

명하가 정자 안쪽으로 정생을 안내했다.

"어서 오십시오."

벌떡 일어나 인사를 하는 사람은 배 정승네 손자 배진구였다.

배진구는 자리에서 일어나 자기 자리에 앉으라고 이야기하고 문간 자리로 옮겨 앉았다. 정생은 먼저 와 있던 황 초시와 오 진사에게 인사를 했다. 일각도 지나지 않아 배 정승네 주인인 배 첨지가 와서 제일 상석에 앉았다. 배 정승네라고 부르지만 배씨 가문이 정승을 배출한 것은 오래전의 일이었다. 동네에서는 대대로 그 집을 배 정승네라고 불렀고 마을의 제일 큰 집으로 여기고 있었다. 실제로 제일 커다란 집을 가지고 있기도 했고. 첨지라는 것은 본래 벼슬이지만 배 첨지가 환갑을 넘자 나라에서 붙여 준 이름만 있는 허직(虛職)이었다.

"다들 이렇게 답청절 꽃놀이에 모여 주셔서 감사하오."

배 첨지가 허연 수염을 쓰다듬으며 말했다. 배 정승네 하인들이 개다리소반에 음식을 담아 모인 사람들에게 돌렸다.

접시에는 진달래 꽃잎을 넣어 지진 화전과 탁주를 담은 술병이 올라 있었다. 술이 일 순배 돌고 나자 분위기가 무척 좋아졌다. 이때 기생과 악공 들이 올라왔다.

사람들이 반색을 했는데 배 첨지만 안색이 좋지 않았다. 주빈들보다 기생이 더 늦었기 때문에 기분이 안 좋았던 것이다. 기생과 악공 들이 문안 인사를 올렸다. 나이가 스물댓쯤 되어 보이는 기생이 눈웃음을 치며 절을 올렸다.

"소첩, 춘절 인사 올리옵니다."

정생의 얼굴에 저절로 미소가 떠올랐다. 한마디 안 할 수가 없었다.

"삼월 삼짇날이 춘절인데, 기생의 이름도 춘절이니 참 묘한 인연이구나."

정생은 우스갯소리로 분위기를 풀어 볼까 해서 한 말이었지만, 노기가 사라지지 않은 배 첨지는 인사도 없이 명령하듯 말했다.

"어서 노래를 불러라."

춘절은 시조창을 불렀는데 소리가 낮고 끊어질 듯 끊어질 듯 끊기지 않고 이어지는 것이 절창이라 할 만했다. 하지만 초장을 부르고 중장으로 들어가는 차에 배 첨지가 붉어진 얼굴로 꽥 소리를 질렀다.

"집어치워라! 그게 무슨 창이란 말이냐!"

배 첨지가 화를 냈지만, 춘절은 놀라지도 않고 생글생글 웃으며 말했다.

"마음에 아니 드시는 곳을 말씀해 주시면 다시 부르도록 하겠습니다."

배 첨지가 여전히 분이 풀리지 않은 목소리로 말했다.

"내가 연초에 양주 관아에 들러 너희가 노는 것을 본 일이 있다. 그때는 큰 소리로 시원하게 창을 뽑더니 어찌 오늘은 이렇게 느려터지고 들리지도 않는 소리를 쥐어짜고 있는 것이냐! 너희가 나를 무시하는 것이 분명하다!"

"어머, 어찌 소첩이 나리를 무시하겠습니까? 다른 노래를 들려

드리겠습니다."

춘절이 악공을 바라보며 눈짓을 하고 새로 노래를 불렀는데 이번에는 〈춘향가〉의 한 대목을 불렀다.

"만첩청사안~ 느을근 범이~ 살진 암캐를 물어다 놓고~."

사설도 없이 대뜸 우조(羽調)로 소리를 질러 댄 것인데, 목청껏 노래를 지르자 배 첨지의 안색이 펴졌다. 배 첨지는 연신 탁자를 두들기며 좋아라했다.

"좋고 좋도다. 노래란 마땅히 이래야 하지 않겠느냐!"

그러나 정생이 듣기에는 그저 소리를 높이 질러 대는 것일 뿐, 노래가 갖는 울림이라고는 찾아볼 수 없었다. 기생이 단단히 삐쳐서 대충 노래를 부르는 것이 분명했다. 그래도 주변을 둘러보니 다들 배 첨지가 인상을 쓰면 같이 인상을 쓰고, 배 첨지가 웃으면 같이 웃을 뿐 노래를 즐기는 사람은 보이지 않았다.

노래를 잘하는 기생을 불러다 놓고 아무 소리나 하게 만든 것이니, 정생은 입맛이 썼다. 그 쓴 입맛을 달래려 탁주를 계속 마시다가 깜빡 정신을 잃고 말았다.

*

"일어나게."

정생은 누가 흔드는 통에 정신을 차렸다. 잔치가 언제 파했는지

달이 둥실 떠 있는데 사람들은 보이지 않고 정자관을 쓴 낯선 양반이 눈앞에 있었다.

"뉘신지요?"

"허허, 나를 모른다고? 이 눈썹을 보면 누군지 알겠나?"

그 양반이 가리키는 눈썹은 세 조각으로 나뉘어져 있었다.

"그 눈썹… 세 조각이니, 삼미… 삼미자… 아니, 다산 선생님이십니까?"

눈앞에 있는 사람은 다산 정약용이 분명했다.

"선생님은 20여 년 전에 돌아가셨다고 들었는데…."

"자네가 삿된 노래를 듣고 불쾌히 여기는 것을 보고 장차 음악에 대해 내 뜻을 이을 수 있을 것 같아 잠시 들렀네."

"잠시 들르다니… 지금 어디 계시는데…."

하지만 정약용은 정생의 말은 신경을 쓰지 않고 자기 말만 했다.

"음악은 귀를 통해 그 마음으로 들어가 사람의 혈맥을 움직이고 흔들어서 화평하고 화락한 뜻을 고동치게 하는 것일세. 자네도 금방 보지 않았나. 화가 나 있던 배 첨지가 비록 잘못된 음악이긴 하지만 마음에 드는 음악을 듣자 금방 즐거워지는 것을."

맞는 말이었다. 노래가 어떻든 간에 배 첨지는 흥겨워서 어쩔 줄 몰라 했다. 사람이 즐거웠으니 그것으로 된 것 같기도 했다.

"인간에게는 오욕칠정이 있는데 그중에서 가장 쉽게 일어나고 가장 다스리기 어려운 것이 분노일세. 분노와 원한을 형벌을 통해

일시 없애 줄 수는 있는데, 음악으로 그 마음을 풀어 주는 것만 못한 것일세."

정약용이 슬픈 얼굴로 밤하늘을 올려다보고는 중얼거리듯이 말했다.

"하지만 오늘날 진정한 음악은 사라지고 말았네. 인간 세상에 제대로 된 음악이 없으니 형벌은 점점 더 무거워지고 전쟁 역시 자주 일어나게 된 것이라네. 자네도 들어서 알다시피 오늘날의 음악은 음란하고 슬프고 바르지 못한 소리일 뿐이네. 예를 바르게 세우려면 먼저 음악이 바르게 서야 하는 것일세."

정생이 고개를 저으며 말했다.

"맞는 말씀입니다만 오늘날 음악이 바르지 못한 소리라는 건 잘못 아신 겁니다. 본디 노래란 정(情)입니다. 기교는 중요하지 않습니다. 졸렬한 음악? 중요하지 않습니다. 선악을 잊어버리고 자연스러움에 기대어 하늘의 기운을 표현하면 되는 것입니다. 본래 《시경》의 노래 역시 민간의 노래에서 나온 것이잖습니까. 노래로 덕성을 함양할 수도 있고, 세상을 풍자할 수도 있는 것이죠."

정약용은 깜짝 놀란 얼굴이 되었다가 은근히 노여움을 담아 말했다.

"그래서, 춘절의 노래가 훌륭했던가?"

"춘절의 노래는 배 첨지 어르신의 분노를 누그러뜨리지 않았습니까? 말씀하신 것처럼 그것이 음악이 가진 큰 힘 아니겠습니까?"

정약용이 혀를 찼다.

"그건 자네가 잘 몰라서 그러는 것이네. 옛날 진시황이 분서갱유를 할 때 음악을 다룬 책들도 전부 없어졌네. 참된 음악이 망실되고 이후 망령된 음악들이 세상을 채우게 되었네. 내가 그것을 바로잡아 고쳐 놓은 바 있네. 진나라 시대 이전의 음악을 찾아내야 음악으로 세상의 예법을 되찾을 수 있는 것이네."

"어찌 옛 중국의 음악만이 올바른 것이라 하겠습니까? 마음 깊은 곳에서 우러나온다면 농부와 나무꾼의 노래라고 해도 사대부의 음악보다 못할 것이 없습니다. 오늘의 음악과 옛날 음악이 곡조는 다르다고 해도 그 마음만은 같은 것입니다."

정약용이 멍한 얼굴로 정생을 바라보았다.

"조선에는 조선의 노래가 있습니다. 억지로 뜯어고쳐 중국 것에 맞추려 하면 오히려 자연스러움이 사라질 것입니다. 그것은《시경》의 원뜻과도 맞지 않습니다."

정약용이 깊이 생각에 잠겼다가 혼잣말처럼 중얼거렸다.

"나는 중국 고대의 황종(黃鐘, 동양음악의 기본 음률)을 바로 잡기 위해 노력했는데… 그런 노력이 의미가 없었던 건가…."

정생이 쐐기를 박듯 말했다.

"왜 굳이 우리나라의 황종을 중국 것에 맞춰야 하겠습니까?"

정생의 말에 정약용의 얼굴이 흔들리기 시작했다. 얼굴이 흔들리다니? 그러더니 그 얼굴이 접장의 얼굴로 점점 바뀌었다.

"훈장 어르신, 정신 좀 차리십시오."

개다리소반에 처박힌 얼굴을 들어보니 침이 주르르 흘러내렸다.

"다산 선생님은… 다산 선생님은 어디 가셨지?"

그 말에 주변에서 폭소가 터졌다. 배 첨지가 혀를 끌끌 차며 말했다.

"꿈에서 다산 선생을 만났나? 자네, 술이 참 약해졌군그래. 보약이라도 한 재 지어 먹게."

"아니, 저, 분명히 다산 선생님이… 제가 다산 선생님을 논쟁에서 이겼는데…."

그 말에 더 큰 폭소가 터졌다.

"인물 났네, 인물 났어. 시나 한 수 지어 놓게나. '몽배정다산(夢拜丁茶山, 꿈에 정약용을 만나 인사를 올리다)'이라고 하면 되겠구먼."

정생은 억울했지만 어쩔 수 없어서 분함을 참을 수밖에 없었다. 답청연이 끝나고 돌아오는 길에 접장에게 꿈 이야기를 해 주자 접장이 웃으며 말했다.

"그거 홍대용의 《담헌서》에 나오는 이야기 아닙니까?"

"뭐?"

"지난달에 읽어 보라고 빌려주셔서 제가 지금 읽고 있습니다."

"아, 그게… 그, 그랬던가?"

"네, 《담헌서》에 있는 '대동풍요서'와 '황종고금이동지의'에 나오는 이야기입니다."

정생은 민망한 나머지 갑자기 웃음을 터뜨렸다. 접장이 어리둥절해서 물었다.

"갑자기 왜 웃으십니까?"

"즐거워서 웃지! 선현의 말씀을 잘 익혀서 내가 말했으니 그 아니 훌륭한가! 공자 가라사대 '배우고 때로 익히면 즐겁지 아니한가!'라 하셨지."

하지만 정생은 접장의 얼굴은 바라보지 않고 밤하늘만 올려다보며 하산 길을 재촉했다. 꿈속에선 잘도 기억한 홍대용의 글이 맨정신에는 하나도 떠오르지 않았다.

가락지로 끓인 국

혼례일기(婚禮日記)

혼례일기에서 혼례(婚禮)는 결혼의 다른 말이다.

"오늘이 배 정승 댁 아기씨가 시집가는 날이 맞습니까?"

정생이 물어보자 아내가 화들짝 놀라며 대답했다.

"아이고머니나. 그렇네요. 그게 오늘이었군요."

정생이 혀를 끌끌 차며 말했다.

"어쩐지 아무 준비도 하지 않고 있더라니, 완전히 잊어버린 겁니까?"

"글쎄 말이에요. 이젠 자꾸 깜빡깜빡하네요."

아내는 대청 밖으로 몸을 기울이며 버들네를 찾았다.

"버들네야, 오늘 배 정승 댁 혼삿날이다."

"어머나, 마님, 그걸 이제 말씀하시면 어째요?"

버들네가 부엌에서 튀어나왔다. 행주치마에 손을 닦으며 어쩔 줄 몰라 했다.

"방으로 들어와라. 머리부터 만져야겠다."

버들네가 안방으로 들어가며 부엌에 대고 외쳤다.

"삼월아, 너는 물 좀 끓여서 가져와라."

정생이 혀를 찼다.

"아직 진시(7~9시)밖에 아니 되었습니다. 천천히 하세요."

아내도 혀를 찼다.

"주인마님 하시는 말씀 들었니? 남자란 다 저렇다니까. 삼월이가 물 끓여 오면 주인마님 두루마기도 다림질해 놓으라고 전해라."

혼례는 저녁 무렵에 치러지는 것이라 아직 시간은 차고 넘치는데도 여자들 설레발은 당할 도리가 없다고 생각하고 정생은 서당 쪽으로 물러났다. 서당에 모여 앉은 학동들 글 읽는 소리가 어쩐지 여름날 개구리 소리처럼 와글와글 들려야 할 텐데, 학동들도 오늘 있을 잔치에 군침들만 넘어가는 모양인지 영 소리가 시원찮았다.

혼쭐을 내 줘야겠구나 하고 인상을 단단히 찌푸린 채 신을 벗으려는데, 대문에서 '이리 오너라' 하는 소리가 들렸다.

누가 이 시간에 찾아왔나 싶어 설렁설렁 걸어가 보니, 배 정승네 손자 배진구가 와 있었다.

"어서 오게."

"강녕하셨습니까?"

"별일 없네. 영감님도 무고하시고?"

배 정승네라고 부르지만, 정승을 지낸 것은 오래전 조상 때 일이고 허직으로 첨지 벼슬을 받은 것이 다였기 때문에 영감이라 부르는 것이었다.

"덕분에 무탈하십니다."

사랑채로 배진구를 데려가 앉히고 차를 내오게 했다. 차를 한 번 입에 댄 후에 배진구가 용건을 털어놓았다.

"수모를 데려오려고 하인에게 경마잡이를 시켜 보냈는데, 퇴짜를 맞고 그냥 돌아왔지 뭡니까? 이거 완전 큰일 났습니다."

수모(首母)란 혼례를 주관하는 여인을 가리키는 말이다. 혼례에 사용할 칠보족두리와 혼례용 의상 준비는 물론, 혼례 절차 전부를 주관하는 역할을 한다. 물론 선대왕(정조)이 칠보족두리와 같은 사치품을 사용하지 못하게 금령을 내린 바 있었지만, 가체(머리 장식용 가발)도 올리지 못하는데 혼례식에 화려한 족두리도 사용 못 하는 건 너무 가혹하다 하여 다들 쉬쉬하며 사용했다. 아무튼 수모가 없으면 혼례를 주관할 사람이 없는 셈인지라 엄청난 문제가 아닐 수 없었다.

정생도 혀를 끌끌 차며 입을 뗐다.

"어쩌다 일이 이렇게 되었는가? 미리 말을 해 둔 것이 아니었나?"

"당연히 한 달 전에 이미 이야기를 해 두었죠. 그런데 갑자기 병판대감 댁에 일이 있어서 못 오겠다고 하지 뭡니까?"

“병판대감 댁에 혼사가 있다는 건가?”

“병판대감 댁 혼사는 아닌 모양이고 일가 중에 혼례를 치르는 곳이 있는 모양입니다. 병판대감 댁 일이라는데 우리가 선약을 했으니 안 된다고 할 수도 없는 노릇이고요.”

“그래도 그건 너무 무책임하지 않나?”

“그래서 그쪽에서 애기 수모를 보내 주긴 했는데, 이건 뭐 아는 게 없는 꼬맹이가 와서 도무지 제대로 되는 게 없습니다.”

“아, 그래도 누가 있긴 있는 거구먼?”

배진구가 손사래를 쳤다.

“그게 있으나 마나 한 상황인지라….”

“허허, 그래서 어떻게 할 생각인가?”

정생이 물었다. 정생의 질문은, 그러니까 여긴 왜 왔느냐는 질문인 셈이었다.

“이 댁의 하녀가 혼례 경험이 많다고 들었습니다. 좀 도와주시면 안 될까 싶어서 찾아왔습니다.”

“누구 말인가? 버들네?”

“아, 제가 이름은 잘 모릅니다만….”

“가만있어 보게.”

정생은 마당쇠를 불렀다. 마당쇠의 아내가 버들네였기 때문이다.

“마당쇠야, 네 처가 혼례 경험이 좀 있다는데 사실이냐?”

마당쇠가 얼른 대답했다.

"아, 그렇습니다. 저희 부부가 예전 한양에 있었을 때 수모 집에서 머슴을 살았습니다. 그래서 좀 쳐다본 가락이 있습니다."

"그렇구먼. 그렇긴 한데, 지금 버들네는 내 처의 단장을 도와주고 있을 텐데…."

정생이 조금 난처한 기색을 보였더니 배진구가 바로 술병을 하나 꺼냈다.

"훈장 어르신, 이게 청나라 가흥에서 담근 소흥주라는 것인데, 한번 맛보여 드릴까 해서 가져왔습니다."

정생이 꿀꺽 침을 삼켰다.

"소흥주라 하면 춘추시대에 월왕 구천이 오나라를 정벌할 때 받아서 군사들의 사기를 올렸다는 술 아닌가? 그 귀한 술이 어떻게 여기까지 왔나?"

"지난번 사행길에 저희 당숙 어르신이 서장관으로 북경을 다녀왔습니다. 그때 몇 병 구하여 가져왔는데 아버님이 잘 보관하고 있다가 훈장 어르신께 인사로 드리라고 하셔서 가져왔습니다."

정생은 속으로, '일이 잘 안 풀리니까 내놓은 것이고, 한 번에 수락했으면 안 내놓았겠지'라고 생각했다. 하지만 귀한 술까지 내놓으며 부탁하니 더 이상 안 된다고 할 수 없는 노릇이었다.

아내는 물론 펄쩍 뛰었지만, 결국 잘 달래서 버들네를 배 정승댁에 보낼 수 있었다. 배진구는 같이 한잔하자는 말에 바빠서 빨리 가 보아야 한다고 버들네를 데리고 떠나 버렸다.

술병을 앞에 두고 있자니, 또 안 마셔 볼 수가 없었다.

"술잔을 권하노니 거절치 마라. 그대들을 위해서 한 곡조 읊으리니."

이태백의 〈장진주(將進酒)〉를 읊조리며 소홍주를 홀짝 마셨다. 취기가 돌자 이젠 한시보다 익숙한 시조가 흘러나왔다.

"한 잔 먹세그려. 또 한 잔 먹세그려.

꽃 꺾어 산(算) 놓고, 무진무진 먹세그려."

*

"일어나시게, 이제 도착했네."

도착하다니? 어디 여행이라도 갔단 말인가? 정생은 숙취 때문인지 머리가 어질어질했다.

"뱃멀미도 이제 끝이네. 드디어 가락국에 도착했네."

가락국이라니, 이건 또 무슨 소린가?

"신보(申輔), 정신 차려. 저기 가락국 왕이 보낸 사신이 곧 도착할 판이니, 위의(威儀, 예법에 맞는 몸가짐)를 갖춰야지."

그러자 정생 입에서 자연스럽게 말이 튀어나왔다.

"조광(趙匡), 걱정하지 말게. 내 할 일은 알고 있으니까."

정생은 말을 해 놓고도 믿기지 않는 눈치였다. 저 사람 이름을 어찌 아는 건지?

조광이 가리킨 쪽을 보니 작은 배 하나가 정생 일행이 탄 붉은 돛을 단 큰 배로 다가오는 중이었다. 배에 있던 한 사내가 큰 소리로 말했다.

"저는 가락국의 수로왕이 보낸 사신 유천간(留天干)입니다. 왕후가 되실 분을 모시고자 하니, 저를 따라 왕을 만나시길 바랍니다."

정생은 어찌할 바를 몰라 우물쭈물했다. 분명히 사랑채에서 소흥주를 마시던 중이었는데. 그때 비단옷을 입고 있는 소년이 앞으로 썩 나섰다.

"나는 너희와 모르는 사이인데, 무엇을 믿고 함부로 너희를 따라가겠느냐?"

소년인 줄 알았는데 목소리를 들으니 여자였다. 비단 바지를 입고 있어서 남자인 줄 알았던 것이다. 정생은 그제야 자신이 가야국 수로왕과 허황옥이 만난 때에 와 있다는 것을 알았다. 어떻게 다시 돌아갈 수 있는지는 상상도 할 수 없었다.

수로왕은 유천간의 전언을 듣고 산 아래에 장막을 쳐서 배를 타고 온 장래 왕비의 거처를 임시로 만들었다. 정생은 이 임시거처가 허황옥의 집 같은 것이라는 점을 눈치챘다. 조선의 혼례 풍속은 신랑이 신부의 집으로 가 혼례를 치르는 것이라 중국의 친영(신랑이 신부를 자기 집으로 데려가는 것)과는 전혀 다르다. 신랑이 신붓집에 와 전안례(신랑이 보낸 기러기를 상에 올리고 절하는 것), 교배(신랑, 신부가 맞절하는 것), 합근(신랑, 신부가 잔을 주고받는 것)을 한 뒤에 첫날밤을 보낸다.

며칠간 신부 집에 머물렀던 신랑이 신부와 함께 시가에 인사를 가는 것을 신행이라고 한다. 신행 후에 신부는 다시 자기 집으로 돌아와 머물게 된다. 시댁에 들어가는 시기는 형편에 따라 각기 다르다.

사흘째 되는 날 수로왕은 허왕후와 함께 궁으로 돌아가기로 했다. 수로왕이 정생에게 따로 오라고 명했다.

"자네는 이곳 사람이 아닌데 어찌 여기에 있는가?"

수로왕의 날카로운 눈매에 정생은 낭왕하고 말았다.

"아, 네? 저…."

"이것을 마시게. 혜초(蕙草)로 만든 술이야."

"네?"

정생은 어쩔 줄 몰라 하며 수로왕이 내린 술을 마셨다. 단 한 잔에 정신을 잃고 말았다.

"일어나세요. 웬 낮술을 이렇게 드셔 가지고…."

아내가 정생을 조심스레 흔들고 있었다.

"어? 아니, 저, 전하…. 송구하옵니다."

정생이 머리를 조아리며 왜 하는지도 모르는 사죄를 올렸다. 아내가 깔깔거리며 웃었다.

"낮잠도 참 달게 주무신 모양입니다."

"아…."

그제야 정신이 돌아온 정생이 머리를 흔들었다. 정생이 겸연쩍게 아내에게 물었다.

"그래, 저, 저기 버들네는 배 정승 댁으로 갔지요?"

"벌써 갔지요. 덕분에 삼월이가 머리 손질을 해서 엉망이지 뭐예요. 참 일이 이상하게 되어서."

"그게 다 주자가례를 따르지 않아서 생기는 일이요. 신부가 첫날 바로 신랑을 따라 친영을 하면 이런 번거로운 일이 없을 것을."

"무슨 말씀을 그리하세요. 여자 혼자 난생처음 보는 사람들 사이에 둘러싸이면 신혼생활이 즐겁기나 하겠나요? 차차 얼굴을 익히는 게 조상 대대로 내려오는 좋은 전통이에요."

"허허, 성현의 말씀을 아녀자의 좁은 소견으로 그렇게 함부로 말하면 아니 되는 것이오."

아내가 콧방귀를 뀌었다.

"그 성현의 말씀이 소중화의 조선에서 지켜지지 않는 것은 뭣 때문이겠어요? 신부 집이 딸 하나를 지원해 주지 못하는 허름한 집이면 몰라도 그렇지 않다면야 뭣 때문에 서로 힘든 생활을 하게 만들겠어요? 중국은 중국대로 방식이 있는 것이고, 우리 조선은 조선대로 방식이 있는 것이죠."

"허허, 갈수록 큰일 날 소리만 하는군요."

"큰일 날 게 뭐 있어요? 현아도 외할아버지 집에서 네 살 때까지 있었는데, 그거 다 잊은 건 아니죠?"

"흠, 흠, 그걸 잊었을 리가 있겠나요."

"그동안에 공부도 많이 했잖아요. 과거는 결국 안 됐지만, 그래도 그 공부로 서당은 열 수 있었죠."

정생이 뜨끔해서 얼른 말했다.

"하, 하긴 허왕후도 아유타국에서 금은보화를 잔뜩 가지고 왔죠. 친정이 없어도 대신할 만큼 재물이 있었으니…."

"갑자기 허왕후라니, 누굴 말씀하시는 거예요?"

"아까 내가 가락국에 갔다가…."

정생이 아무 생각 없이 꿈 이야기를 꺼냈다가 아내가 뜨악한 얼굴로 돌아보자 말꼬리를 말았다.

"가락국이라니 그게 무엇으로 끓인 국인가요? 가락지로 끓인 국이에요?"

아내는 자기가 말해 놓고 그럴싸했는지 깔깔 웃었다.

"그러고 보니 형편이 좋아지면 옥가락지 사 준다고 했었는데…."

아내의 말에 정생이 깜짝 놀라 말을 돌렸다.

"어흠, 거, 이바구만 하다가 늦겠소이다. 어서 갑시다."

정생이 재게 발을 놀렸다. 아내가 배시시 웃으며 치맛단을 말아 쥐고 총총걸음으로 그 뒤를 따랐다.

주춧돌 밑의 비밀

풍수일기(風水日記)

풍수일기의 풍수(風水)는 지형지물로 사람의 운명이 결정된다고 믿은 미신이다. 풍수를 보는 사람도 풍수라고 일컬었다.

오 진사네 아들 오명하가 살 집을 짓게 되었다. 장가든 지는 이미 여섯 해가 넘었다. 이제 나이가 서른이 넘었고 아이들도 벌써 다섯 살, 세 살로 딸과 아들이 있었으니 처가에서 식구들을 데리고 나와 독립할 때가 되기도 했고, 당당히 출사하여 춘추관(春秋館)의 한림(翰林, 사관)이기도 하니 가장으로 집을 마련하는 것이 당연한 일이기도 했다.

안동에서 터를 보러 유명한 풍수가 올라왔다. 안동에 있는 오 진사의 사촌이 특별히 행하(行下, 품삯 이외에 더 주는 돈)를 넉넉히 주고 하인까지 딸려서 보내 준 사람이었다.

허관이라는 이름의 풍수는 패철(佩鐵, 나침반)을 쥐고 오 진사네 땅을 두루 살펴본 끝에 산자락 밑의 남향 터를 명당이라고 골라 주었다.

새집을 짓는다고는 하지만 집을 지을 목재를 갑자기 찾기란 어려운 일이고 큰 나무를 가져오려면 가격도 만만치 않기 때문에 예전에 폐가가 된 이웃집을 헐어서 쓸 만한 나무 기둥과 서까래, 대들보를 모두 옮기기로 했다.

"그 폐가를 헐기로 했다고? 빈집이라면 그, 달아난 이가네 집이나 윤가네 집도 있지 않던가?"

정생이 마뜩잖은 표정으로 접장에게 말했다. 접장이 퀭한 눈을 들어 정생을 보다가 눈을 비비며 말했다. 벌써 밤이 꽤 깊었는데 일을 시키고 있는 정생에 대한 원망이 살짝 비치는 것 같았다.

정생이 배 정승 댁에서 《고려사》 '열전'을 빌려 왔는데 빨리 필사하고 돌려줘야 한다고 접장을 부른 것이다. 정생과 접장이 나눠서 필사를 하는 중이었는데, 달랑 등잔불 하나만 켜놓고 빽빽한 책을 필사하고 있으려니 접장은 눈이 아파 죽을 지경이었다.

"그러게요. 그런데 허 풍수가 그 집 목재가 단단하다고 이야기를 하더라고요. 그리고 그 자리가 사람의 기를 북돋워 주는 곳이라 목재들이 좋은 기운을 받았다네요."

"그 집에 사람이 안 산 지 벌써 오래되었는데도 나무들이 멀쩡하다니 그거참 신기한 일이네. 설마 기둥이 꼼짝도 안 했다든가 한 건 아니었지?"

"그럴 리가 있겠어요? 무슨 귀신 들린 것도 아니고."

"귀신이라… 자네, 그거 모르나? 그 집 별칭이 귀신 집이야."

"네에? 귀신 집이요?"

"흠, 오래된 일이라 자네는 모르는가 보군."

접장은 원래 양주 출신이 아니라 옆 동네인 고양에서 컸다. 그러니 오래된 마을 일은 모를 수도 있긴 했다.

"그러니까 나도 어릴 때 들었던 이야기지. 그 집에는 다섯 식구가 살았었다고 해. 할머니와 아들 부부, 그리고 손자, 손녀. 그런데 어느 날 할머니가 갑자기 안 보이게 되었다지. 소문이 여러 가지였어. 시어머니가 미웠던 며느리가 우물에 밀어 넣었다는 이야기도 있었고. 그런 흉흉한 소문이 나니까 이웃들도 그 집에 가기를 꺼렸어. 시체가 들어 있는 우물물로 밥해 먹고 싶은 사람은 없는 법이니까."

"으… 정말 할머니가 우물 속에 빠져 죽은 거예요?"

"들어 봐. 할머니가 없어진 후로 그 집에선 이상한 소리가 들리곤 했대. 색색거리는 숨소리 같기도 하고, 흑흑 숨죽여 흐느끼는 것 같기도 한 소리가. 용하다는 스님을 불러 반야심경 독경도 하고, 신통하다는 무당 불러다 해원굿도 해 봤지만, 소용이 없었대."

"어째 무시무시합니다."

"뭘 해도 안 되자 아들은 별채를 짓기 시작했어. 그 집이 언덕 아래서 보면 별채는 안 보여. 본채 뒤편에 지은 거라서. 아들은 혼자 아름드리나무를 베어 와서 예쁜 별채를 지었지."

"본채는 무서우니까 별채에서 살려고 한 건가요?"

"그런 것 같아. 그런데 별채를 지은 걸 축하하러 간 사람들이 이상한 걸 알게 된 거야."

긴장한 접장이 침을 꼴깍 삼키며 물었다.

"뭔가요?"

"그 집 남매가 안 보이더라는 거지. 남매가 어디 갔느냐고 물어보니까 우물쭈물 대답을 못 하다가 친척 집에 보냈다고 둘러댔다는 거야."

접장이 고개를 흔들었다.

"설마요. 친척 집에 보냈겠죠. 자기 자식들을 해코지하진 않잖아요? 설마 친자식이 아니었나요?"

"당연히 친자식이었지. 그런데 그 후 며칠 동안 아무 기척이 없어서 사람들이 어느 날 그 집을 찾아가 봤더니…."

"가 봤더니요?"

정생이 잠시 뜸을 들이더니 낮은 목소리로 속삭이듯이 말했다.

"아무도 없더래. 방금까지 사람이 살았던 것 같은 흔적만 있고 아무도 없었다는 거지. 그렇게 해서 폐가가 된 거야. 우리 어릴 때 개구쟁이 녀석 하나가 담력을 시험한다고 그 집에 가서 잔 적이 있었는데, 한밤중에 비명을 지르며 달려갔었지."

"왜 그랬답니까?"

"밤중에 흐느껴 우는 소리를 들었다는 거야. 도망치는데 누군가

뒷덜미를 잡는 것 같아서 너무 무서웠다고 하지. 그 후론 그 집이 있는 길은 절대로 안 가게 되었다네."

"그게 누군가요? 설마 훈장 어르신?"

"어허, 이 사람이. 공자 가라사대 괴력난신은 논하지 않는 거라고 했네. 난 그런 건 믿지 않아."

정생이 정색을 하자 접장이 얼른 잘못했다고 사과를 올렸다.

"당연히 나는 아니고… 배 첨지네 도령이었다는 말이 있긴 하지."

지금은 죽고 없는 사람을 내세우는 게 좀 수상하긴 했다.

"그거 정말 으스스한데요. 그런 집 목재를 가져다 써도 되는 걸까요?"

"글쎄, 유명하다는 풍수가 괜찮다고 했으니까 가져다 쓰는 거 아닐까?"

정생의 생각이 맞았다. 허 풍수는 귀신 집이라는 말을 듣고 코웃음을 치면서 그건 그 집의 풍수가 잘못된 탓일 뿐, 목재에 문제가 있는 것이 아니라고 말했다. 빨리 집을 허물어야 귀신이 머물 곳이 없어져 마을에도 복이 된다고 하니 모두 손뼉을 치며 좋아했다.

"그런데 집주인은 따로 있었던 건데, 오 진사 나리라고 해서 막 허물어도 괜찮은 건가요?"

"괜찮고말고. 그 집 사람들이 없어진 다음에 오 진사네가 그 집

땅을 다 사들였지. 그 집안 친척들도 그 집이라면 고개를 흔들었으니까 헐값에 사들인 걸로 아네."

접장이 고개를 끄덕였다.

"그런 거였군요. 왜 사람 무섭게 그런 이야기를 하신 거예요?"

"글쎄. 귀신 집 이야기하니까 문득 생각이 난 것뿐일세. 사실 그 집은 환곡을 못 갚아서 야반도주한 거라는 말도 있고 역병이 돌 때 아이들이 죽는 바람에 상심한 부부가 집을 버려둔 채 아무도 모르는 곳으로 떠난 거라는 이야기도 있긴 하네."

"그건 또 그것대로 슬픈 이야기군요. 그런데 아이들이 죽었으면 마을 사람들이 모를 리가 없지 않나요?"

"역병이 돌면 집집이 사람이 죽어 나가는데 다른 집 사정까지 일일이 알 순 없지. 아무튼 내가 어릴 때 그 집 한번 둘러보고 오기 같은 담력 시험도 하곤 했어. 그럴 때마다 이상한 소리를 들었다는 아이들이 있었고."

"아유, 또 무서워지네요. 아무튼 이젠 그 집은 없습니다. 벌써 다 해체해 버렸더라고요. 일손들이 참 빨라요."

"아, 그래? 자네 손도 좀 빨랐으면 좋겠구먼."

"제 손이 빨라지려면 초를 하나 더 켜 주시면 됩니다만…."

정생은 그 말은 못 들은 척 다른 말을 했다.

"다 해체했다는 건 나무 기둥감을 다 가져갔다는 이야기겠지?"

"네, 아까 해 질 녘에 오다가 봤는데, 언덕 위로 아무것도 안 남았더라고요."

정생의 눈이 왠지 모르게 반짝였다.

"그렇군. 오늘 필사는 마치도록 하지. 자네 눈을 보니까 이제 옮겨 쓰다가 잘못 쓸 일만 남은 것 같아. 나머지는 내일 마저 하지."

"네? 네."

접장이 보기엔 내일 종일 해도 필사를 마칠 수 없을 것 같았지만, 당장 눈앞의 화를 모면할 수 있는데 굳이 이의를 제기할 필요는 없었다. 접장은 얼른 정리를 마치고 정생의 마음이 변하기 전에 부리나케 내빼 버렸다.

정생은 접장이 대문을 나서는 걸 물끄러미 보고 있다가 등롱을 챙겨서 문간방에서 자는 마당쇠도 모르게 살그머니 집을 나섰다. 다행히 날이 맑아 달빛이 아주 어둡지는 않았다. 정생은 귀신 집, 아니 귀신 집터에 도착한 뒤에야 등롱에 불을 붙이려고 했다. 그런데 아뿔싸, 부시를 챙겨 오는 걸 깜빡했다.

정생은 이마를 툭툭 치며 자책했지만 이미 엎질러진 물이었다. 필요도 없어진 등롱은 옆으로 밀쳐놓고 집터를 가로질렀다. 정생은 별채 자리 가운데에 자리를 잡고 섰다.

"그러니까 여기가 가운데면 저쪽일 텐데…."

정생이 귀퉁이를 바라보는데 갑자기 날이 어두워졌다. 조금 전까지 맑았던 날씨가 돌변해서 먹구름이 밀려들더니 달빛을 완전히 가려 버렸다.

"아, 이것 참."

그래도 그 전에 위치는 대충 확인했다. 정생은 별채 귀퉁이 자리로 조심조심 발걸음을 옮겼다. 별채의 오른쪽 귀퉁이 주춧돌은 어느 절터의 석등 받침돌을 집어 온 것인지, 연꽃잎 조각이 새겨진 아름다운 돌이었다. 그래서 아이들 사이에서는 그 돌 아래 숨겨 놓은 보물이 있다는 말이 무성했다. 유리왕이 기둥 아래서 동명성왕의 보검을 찾은 것처럼 그 안에 뭔가 있을 거라는 이야기였다.

물론 정생이 그런 황당한 이야기를 믿은 건 아니었다. 주춧돌 아래 보물이 있다면 그 집 사람들이 그렇게 사라질 리가 없을 테니까. 정생은 그 주춧돌이 탐이 나서 몰래 여기까지 온 것이었다. 분명 신라시대나 고려시대의 절터에 있던 물건일 것이다.

집은 다 해체했으니 그 주춧돌을 챙겨 간다고 해도 상관없을 것이다. 그래도 밝은 낮에 와서 가져갈 수는 없으니 한밤중에 몰래 올 수밖에 없었다.

"여기, 어디 있을 텐데. 있어야 하는데…."

정생은 주춧돌이 있음 직한 곳을 무릎걸음으로 옮겨 가면서 손으로 더듬었다. 그러다 갑자기 허방이 나타나는 바람에 그 안으로 굴러떨어지고 말았다.

"사, 사람 살려!"

정생이 떨어진 구덩이는 그리 크진 않았다. 크지 않은 게 또 좋지도 않았던 것이 발목을 심하게 접질렸는데, 부러진 건 아닐까 싶을 정도로 아팠다. 정생은 몸 반절은 구덩이 밖에 있다는 걸 알고서야 간신히 그 안에서 빠져나왔다. 그때 발 아래서 뭔가가 팍삭 소리를 내는 걸 들었다.

뭔가가 있기는 있는가 싶었다. 설마 전설의 보물인가 하는 생각도 같이 떠올랐다. 정생은 엎드려서 손을 집어넣어 구덩이 안에 있는 걸 꺼내 올렸다. 손가락에 간신히 걸려서 잡아 올렸는데, 가벼운 것이어서 보물일 리는 없을 것 같았다. 옛날 도자기 같은 것인지 뭔가 둥근 형태라는 것만 알 수 있었다.

이리저리 만져 보는데 번쩍 벼락이 쳤다. 그 빛에, 손에 들고 있는 게 뭔지 보였다. 정생은 비명을 지르며 그것을 내던지고 말았다. 해골바가지가 데굴데굴 굴러갔다.

기절해 있던 정생은 다음 날 그곳을 지나가던 접장이 귀신 나온다는 집터는 어찌 생겼나 궁금해서 올라온 바람에 다행히 발견되었다. 밤새 내린 비에 홀딱 젖어서 심하게 고뿔이 걸린 것 말고 다른 탈은 나지 않았지만, 접장이 흔들어 깨웠을 때는 완전 혼이 나간 사람 같았다.

"기둥 아래 아이를 묻었어! 기둥 아래 아이를 묻었다고!"

고려 때 무신정권의 최충헌이 십자각이라는 별당을 지었는데, 이때 사내아이와 계집아이를 잡아다가 색동저고리를 입혀 네 모퉁이에 묻어 액운을 방지했다는 소문이 있었다. 하필 정생이 《고려사》에서 필사를 하고 있던 부분이 바로 그 '최충헌 열전'이었다. 그러니 그가 기절초풍할 수밖에.

오 진사네 일꾼들은 목재를 다 옮긴 뒤에, 정생이 노렸던 예쁜 주춧돌도 챙겨 갔다. 집터를 살펴본 허 풍수도 그 주춧돌에 눈독을 들였었다. 그 때문에 허 풍수가 특별히 그 주춧돌을 가져오라고 명을 내려 놨던 터였다. 일꾼들은 주춧돌 아래 구덩이가 있는 건 알았지만 별 신경을 쓰지 않았다. 빈집이었으니 너구리나 여우가 굴을 팠다고 해도 이상할 것이 없었다. 어차피 집도 허물고 남은 것도 없는데 구덩이가 있거나 말거나 신경 쓸 일이 아니었다.

누가 짐작이나 했겠나? 깜깜한 밤중에 집터에 올라왔다가 그 구덩이에 빠져서 기절한 사람이 있을 줄을.

일꾼들 짐작대로 그 구덩이는 여우가 팠다. 여우는 그 근방에 일찌감치 자리를 잡고 있다가 사람들이 없어지자 얼른 들어와 집까지 차지해 버렸다. 여우는 본래 온갖 소리를 다 낼 줄 알아서 여우에 홀렸다는 말까지 있는 요물이다. 사람들이 귀신 소리라 여겼던 것은 여우가 낸 소리였다.

정생이 집어 들었다가 기겁을 하고 내던진 해골은 사람 해골이 아니라 여우 해골이었다. 수구초심이라고 하더니 자기 굴 안에서 죽은 모양이었다.

"에취! 이 이야긴 절대 밖에 하지 말게."

정생이 재채기를 하며 접장의 손을 잡고 부탁했다. 접장이 약간 거드름을 피우며 말했다.

“여부가 있겠습니까? 고뿔이 드셨으니 서당은 제게 맡기고 필사만 하면서 몸조리하시면 될 것 같습니다. 저는 고뿔 옮으면 안 되니까 서당에 있다가 돌아가겠습니다.”

“그, 그, 그…”

정생은 그러면 안 된다는 말을 끝내 꺼내지 못하고 손짓만 해서 접장을 내보냈다. 속이 쓰려도, 이번에는 방법이 없었다. 더는 필사에 부려 먹을 수 없게 되고 말았다. 정생은 이불을 뒤집어쓰며 투덜댔다.

“지난번에는 산 여우한테 희롱을 당하더니, 이번엔 죽은 여우한테 희롱을 당했구나. 풍수가 어쩌고 저째? 기를 받는 자리라더니 사람 잡는 기일세. 다 허풍이었… 에, 에취!”

정생의 기침 소리가 얼마나 컸던지 집 앞을 지나던 나그네까지 깜짝 놀랐다고 한다.

《홍루몽》의 작가

시장일기(市場日記)

조선 후기에 오면 시장이 크게 발전하여 지방에서는 닷새마다 한 번씩 오일장이 열렸다.

"마당쇠야, 준비 다 되었느냐?"

"네, 주인마님."

마당쇠가 얼른 사랑채 앞으로 뛰쳐나왔다.

"그럼 가자."

이러고 나서는데, 뒤에서 정생을 부르는 소리가 있었다.

"여보, 나 좀 보고 가세요."

아내가 대청에 나와 손짓을 하고 있었다.

"잠시 기다리거라."

마당쇠를 마당에 세워 놓고 아내 뒤를 쫓아 안방으로 들어갔다. 아내가 자리에 앉더니 말했다.

"장 보러 가시는 거죠?"

"잘 알고 있지 않습니까? 장에서 사 올 목록은 내 잘 간직하고 있어요."

"안 잊었으니 다행입니다. 그런데 이번에 시장에 저도 가면 안 될까요?"

정생이 깜짝 놀랐다.

"어허, 그게 무슨 말입니까? 양반댁 부녀가 어찌 저잣거리에 나가겠다는 것입니까?"

아내가 머뭇거리다가 말했다.

"하지만 여자가 쓸 물건들을 당신이 사 오다 보니 좀 부족한 것이 있어요."

"필요한 게 있으면 어서 말하세요. 날도 더운데 먼 길을 어찌 가려고 하세요. 내가 꼭 사 오리다."

"그게…."

아내가 또 말끝을 흐렸다.

"아무리 말로 해도 어찌 눈으로 보고 손으로 만져 보는 것만 하겠나요. 이번에는 저도 꼭 가 봐야겠습니다."

정생은 약간 신경질이 나기 시작했다.

"그러니까 내가 사 온 물건에 하자가 있다, 이런 말씀인 거죠? 대체 뭐가 문제라 그러는 겁니까?"

"그걸 꼭 말씀드려야겠어요?"

아내의 눈에도 성질이 생기는 것 같았다.

"말해 보세요."

"좋아요. 보름 전에 장에서 사 온 개다리소반 있죠?"

"있죠. 안성의 좋은 목수가 만들었다고 했어요. 당신도 만져 보고 좋은 물건을 싸게 샀다고 하지 않았습니까?"

"그땐 그랬죠. 그게 열흘도 못 가서 부서졌습니다."

"부서졌다고요? 아니, 물건을 어찌 험하게 다뤄서 그런 꼴이 나게 한 겁니까?"

"험하게 쓰긴 누가 험하게 썼겠어요? 애지중지 다뤘는데 알고 보니 썩은 나무를 썼더라고요. 자, 이걸 보세요."

아내가 벽감을 열어서 망가진 개다리소반을 정생 앞으로 밀어 놓았다. 정생이 들어 보니 다리 연결된 곳이 부러졌는데, 정말 부러진 부분이 썩어 있었다.

"흠흠, 이거 참 어찌 이런 못된 상인이 있는지 모르겠군요. 그래도 이 다리는 다시 만들어 붙일 수는 있을 것 같긴 한데…."

"그뿐이 아닙니다. 한 달 전에 사 오신 약재도 다 엉터리였습니다."

"뭐라고요? 그거 다 대구 약령시에서 가져온 거라고 했는데!"

"거기 녹용이라고 한 건 녹각인데, 약효가 있는지 없는지, 녹각은 되는 건지, 아예 약효도 없는 낙각인지 모르겠는 물건이고, 하수오라고 한 건 도라지였습니다."

정생의 얼굴이 붉게 달아올랐다.

"그런 약재를 당신이 어찌 분간하시는 거요?"

"제 외가가 대구에 있었습니다. 잊으셨습니까?"

아내는 양주 사람이었지만 그 어머니가 대구에서 시집왔었다.

"외가에 대구 약령시에서 약재상을 하던 분이 계셨습니다. 덕분에 저도 약초를 좀 볼 줄 알게 되었지요. 원래 현아에게 보약 한 첩을 지어 먹이려고 사 온 약재 아니었습니까? 그런데 그건 먹여 봐야 소용이 없어요. 그 약재상이 이번 장에 온다고 하지 않았습니까? 제가 가서 한번 좀 따져 봐야겠습니다."

"무슨 말인지 알겠어요. 하지만 양반 부녀가 어찌 상인과 대거리를 하겠어요. 그런 일은 내게 맡기면 됩니다. 염려 놓고 기다리세요. 그 약재는 어디에 뒀어요?"

하지만 아내는 굳은 표정으로 도리질을 쳤다.

"이번만큼은 안 됩니다. 제가 꼭 같이 가야겠습니다."

결국 정생이 아내의 고집에 지고 말았다. 늘 조신하기만 했던 아내가 이번에 큰소리를 낸 것이라 정생도 놀라고 말았다. 아내는 쓰개치마를 하고 버들네를 데리고 길을 나섰다.

"마님 덕에 쇤네도 지아비랑 시장 나들이를 하게 되었습니다요."

버들네가 나이에 맞지 않게 팔짝거리며 마당쇠랑 같이 종종걸음으로 앞서갔다. 삼복염천(三伏炎天, 삼복 기간의 몹시 심한 더위)이라 날이 꽤 더웠는데도 버들네는 신이 난 모양이었다.

"다 봤나요?"

"잠시만요."

시장 입구의 노리개 파는 곳에서 한세월을 보낸 아내는 그다음 가게에 걸린 천을 보고는 아예 움직일 생각이 없었다.

"이제 모시 종류를 다 봤으니, 무명 종류를 봐야죠."

"그럼 아직 비단은 보지도 않았단 말이요?"

"비단도 있어요?"

그 말에 주인이 반색을 하며 말했다.

"비단이라고 다 같은 비단이 아니죠. 금(錦)은 금사를 넣어 짜기도 하고, 은사를 넣어 짜기도 하며, 능(綾)은 금보다 얇은 비단으로 속옷을 만들면 보들보들하기가 이만저만이 아니죠. 단(緞)은 두꺼우니 이불 금침을 만들면 좋고, 견(絹)은 글씨에, 라(羅)는 그림 그릴 때 사용하며, 겸(縑)은 자수용이요, 사(紗)는 목도리에 딱이요, 주(紬)는 겉옷을 만들 때 씁니다요."

아내의 얼굴은 반색 일색인데, 정생의 얼굴은 그냥 일그러지고 말았다. 아내가 그런 정생의 얼굴을 흘깃 보고는 말했다.

"그럼 당신은 먼저 목록 가지고 장을 보세요. 약재상하고 개다리소반 판 장돌뱅이는 제가 만나 볼 테니까 신경 쓰지 마시고요."

"그 옷감 다 보고 언제 찾아갈 시간은 있겠어요?"

아내가 살짝 정생을 노려보는 것 같았다.

"그런 걱정일랑 마시고, 당신 일이나 늦지 않게 잘하세요. 일 다

보고 약재상에서 만나요."

아내가 정생의 등을 떠다미는 통에 정생은 어쩔 수 없이 옷감 가게에서 나오고 말았다. 말은 어쩔 수 없는 것처럼 했지만, 내심 살았다고 생각했다.

반찬거리 살 것과 서당에서 쓸 지필묵을 구하고 아내가 부탁한 그릇, 수저, 찻잔도 다 구한 뒤에 정생은 책을 펼쳐 놓은 사람을 보고 걸음을 멈췄다. 아무래도 자기도 옷감 가게에 들른 아내처럼 여기서 시간을 보낼 것 같았다.

"마당쇠야, 너는 약재상에 가 있도록 해라. 안방마님이 오시면 이리 와서 내게 알려다오."

"알겠습니다."

마당쇠가 장에서 산 물건을 한 보따리 짊어지고는 약재상으로 달려갔다. 정생은 책 장수에게 인사를 건넸다.

"뭐 좋은 책 좀 있나?"

정생이 인사를 하자 상인이 반색을 했다.

"청나라에서 날개 돋친 듯이 팔리는 소설이 들어와 있습니다."

그 말에 정생이 솔깃했다.

"무슨 소설인가?"

"《홍루몽》이라는 소설인데, 일단 손에 잡으면 놓을 수가 없습니다. 한번 보시겠습니까? 이게 세책가에는 아직 안 풀린 책이올습니다."

"그러지."

정생이 책을 받아 펼쳤다.

"진사은은 꿈에 통령을 알고 가우촌은 뜬 세상에서 가인을 사모하다. 호, 첫 회 제목부터 근사하구먼."

그러면서 몇 줄을 읽은 정생은 그만 뜨끔하고 말았다. 이런 구절이 나왔기 때문이다.

"문득 당시에 있던 여인들의 생각이 떠올라 하나하나 곰곰이 따져 보니 그 행동거지나 식견이 모두 나보다 나음을 깨닫게 되었다. 의젓이 수염을 기른 내가 치마를 두른 그들보다도 못하니 실로 부끄럽기 짝이 없고, 후회해도 소용없는 일이다!"

오늘 아침 일이 그러지 않았던가. 그런데도 자신 역시 인정할 줄 몰랐다. 정생은 얼굴이 화끈거렸다.

"더우십니까? 여기 냉차 가져왔습니다. 좀 드시죠."

책 장수가 사근사근하게 말했다.

"못 보던 얼굴인데, 양주에는 처음 온 건가?"

"저야 조선 팔도 떠돌이 장꾼입죠. 양주라고 처음 왔겠습니까? 그때그때 파는 물건이 달라 나리가 기억을 못 하시는 거죠."

"아, 그런가? 냉차 고맙네. 잘 마시겠네."

정생은 속이 타던 터라 냉차를 한입에 털어 넣었다. 속이 시원해졌다. 다시 책으로 눈을 돌렸는데, 이야기가 점점 흥미로워지면서 기분이 점점 더 좋아졌다. 글 속에 황금이 있다고 하더니, 그것뿐이 아니라 쾌락도 있는 모양이었다. 정생의 눈앞에서 글자들이 춤을 추는 것만 같았다. 정생은 저도 모르게 웃음을 터뜨렸다. 폭소가 터지자 몸이 둥둥 떠오르는 것 같았다.

*

"어서 오시게."

정생에게 인사를 한 사람은 청나라 사람이었다. 변발을 하고 콧수염과 턱수염을 근사하게 기른 사람이었다.

"저는 조선 사람 정생입니다. 실례지만 뉘신지요?"

"나는《홍루몽》을 쓴 조설근이오."

"선생은 돌아가시지 않았습니까?"

"그대는 청나라 말을 모르지 않소?"

그러고 보니 그랬다. 정생은 그런 건 더 생각하지 않기로 했다.

"선생은《홍루몽》을 왜 쓰셨나요?"

"세상은 위선과 탐욕으로 물들어 있소. 환멸스럽지만 사람들은 어쩔 수 없이 감당하고 살아가야만 하오. 남자보다 여인에게 더 가혹한 세상이라오. 이것을 고칠 수 있겠소? 우리가 어찌 삶을 살아야 세상에 올바른 도리를 다하는 것인지 그대는 생각해 본 적이 있소?"

생각해 본 적이 없었다.

"그런 건 일개 서생이 생각하기에는 너무나 큰 경세의 도리 아닙니까?"

"그렇게 아무 생각 없이 사니까 이런 꼴을 당하는 거요."

"이런 꼴이라니, 무슨 꼴 말입니까?"

조설근은 난데없이 정생의 뺨을 때렸다. 눈에서 불이 번쩍 일었는데, 어쩐 일인지 아프지도 않았다.

"왜, 왜 이러십니까?"

"정신 차리시오!"

조설근이 다시 그의 뺨을 때렸다. 정생이 눈을 떴다.

"정신이 드십니까?"

아내가 정생을 흔들고 있었다. 정생은 영문을 알 수 없었다. 볼이 화끈거렸다.

"날 때린 것입니까?"

"무슨 일이 생긴 줄 알았습니다."

아내가 눈물을 뚝뚝 흘렸다.

"대체 무슨 일입니까? 왜 울고 있어요?"

아내가 길게 한숨을 내쉬었다.

"약재상에 갔더니, 마당쇠만 와 있었습니다. 얼른 찾아오라고 명했죠. 마당쇠가 당신을 찾으러 갔어요. 그런데 돌아와서는 영 안 보인다고 하더군요. 어찌 된 영문인지 몰라 당황해서 미칠 것 같았습니다. 그때 마침 약재상에 들른 사람이 술에 취한 선비가 길가에 쓰러져 있다고 하는데 행색이 꼭 당신 같아서 달려온 참이에요."

정생이 펄쩍 뛰었다.

"술은 한 방울도 안 마셨습니다!"

아내가 고개를 끄덕였다.

"압니다. 옷감 장수가 말하길 요새 아편을 먹여서 정신을 잃게 한 뒤에 돈을 훔쳐 가는 도둑이 돌아다닌다고 하더군요. 허풍이 센 사람이라 처음에 흘려들었죠. 이 시골 양주골에 무슨 비단을 그렇게나 많이 가져온다고, 참 나."

정생이 고개를 흔들었다.

"나한테 아편을 먹였다고요? 청나라에서 유행한다는 그 마약을?"

정생이 주위를 살펴보니 시장이 아니었다. 풀숲에 누워 있었던 것이다. 정생은 화급하게 자기 몸을 더듬었다. 정생의 얼굴이 펴지면서 소매 속에서 종이에 싸인 작은 물건을 꺼냈다.

"그래도 그 도둑놈이 이건 미처 못 빼앗아 갔군요."

"그게 뭔가요?"

"당신 물건이에요."

"제 물건이요?"

아내가 물건을 건네받아 종이를 펼쳐 보았다. 하얀 백자에 모란 넝쿨이 그려진 도자기로 만든 합이었다. 합을 열어 보니 붉은 가루가 소복하게 들어 있었다.

"홍분(紅粉)이네요."

아내의 얼굴이 홍분처럼 붉게 달아올랐다.

"당신도 참, 언제 이런 걸 다 사셨어요?"

정생이 몸을 일으켰다. 뭔가가 툭 하고 떨어졌다. 정생이 얼른 살펴보니, 책방에서 읽던 《홍루몽》이었다.

"그 도둑이 돈을 훔칠 줄 알았지, 책이 얼마나 귀한 건지 몰랐군요. 이 재미난 책이 생겼으니 잃은 돈은 책값이라고 생각하면 되겠어요."

아내가 살짝 웃으며 말했다.

"책이 그렇게 좋습니까?"

정생은 조설근이 꿈속에서 해 줬던 말을 생각했다.

"책 속엔 우리가 어찌 살면 좋을지 알려 주는 도리가 적혀 있어요. 당장 뭔가 바꾸진 못해도 우리가 알고 행하면 언젠간 모든 것이 바뀌겠지요."

"그렇게 멋진 말씀을 하는 걸 보니, 가끔 아편을 드셔야겠습니다."

"뭐요?"

정생과 아내가 마주 보며 깔깔 웃었다. 돈은 잃었지만, 그래도 좋은 여름날이었다.

정생, '몽유록'을 만나다

조선 시대에 꿈을 빙자해서 세상을 풍자한 소설이 유행했는데, 이를 가리켜 몽유록(夢遊錄)이라고 한다.

"나리, 오 진사 댁에서 서찰이 왔습니다."

아까부터 자리에서 몸을 들썩들썩하고 있던 정생은 그 말에 벌떡 몸을 일으켰다. 그러고는 바로 양반이 체통 없이 벌떡 일어난 것이 겸연쩍어 장죽을 공연히 툭툭 털며 먼 산을 바라보는 척했다.

"이리 가져오너라."

마당쇠가 짚신을 벗고 들어서자 얼른 자리에 앉은 정생이 그리 풍성하지 않은 수염을 쓰다듬으며 말했다. 접장이 어깨 너머로 서찰을 보며 물었다.

"그게… 맞습니까요?"

"맞는군. 오늘 올 거로 생각하고 어제 잠도 설쳤는데 말이야. 내 좀 다녀올 테니, 자네는 여기 지키고 있게. 아이들 잘 보고."

"어? 어…."

접장이 당황해서 어쩔 줄 몰라 했다. 오늘은 모내기도 바쁘고 해서 학동들에게 휴일을 내준 것도 잊어버린 모양이었다.

"농일세. 오 한림이 집에 들렀다고 하니 같이 인사 가세."

접장이 반색을 하며 일어났다. 오 진사 댁에 가는 동안에도 접장은 신이 나서 입에 침을 튀기며 떠들었다.

"석진이 끝찌로 대과에 붙은 데다가 오랫동안 임명이 안 되어서 걱정이 많았는데 척하니 춘추관에 들어갔으니 앞날이 밝지 않습니까?"

정생은 혀를 끌끌 찼다. 얼마 전까지도 오명하의 자가 석진인 것도 모르던 처지에 마치 친구처럼 구는 접장이 안쓰럽기도 했다.

"거기다가 들어가자마자 춘추관을 대리해서 외사고(外史庫)를 점검하는 별겸춘추가 되어 행차를 했으니 참 감격스러운 일입니다."

"그래, 자네, 외사고가 뭔지는 알고?"

"아이참, 절 뭐로 보시는 겁니까? 한양의 춘추관이 내사고(內史庫), 외방에 있는 사고를 외사고라 부르는 거 아닙니까? 과거 임진란 때 전주사고 외의 사고엔 모두 불이 나서 책들이 없어졌지만, 다시 복원해서 태백산, 오대산, 적성산, 정족산에 보관하고 있죠."

"허허, 뜻밖에도 잘 알고 있구먼."

"물론이죠. 이번에 우리 고을의 수재인 석진이 태백산사고를 살피러 간 거 아닙니까? 앞으로 석진의 앞날은 탄탄대로가 분명합니다."

"그게 어디 그렇겠나?"

"네? 탄탄대로가 아니란 말씀인가요?"

"외사고의 책들은 나라의 보물들이라 때때로 볕을 쐬게 하는데, 그걸 포쇄라고 하지. 본래는 2년에 한 번씩은 하게 되어 있는데, 나라 형편이 자꾸 안 좋은 탓에 정해진 때에 하지 못하고 미루다가 어쩔 수 없이 하게 되었지."

"포쇄는 저도 뭔지 압니다. 해 좋은 날에 책을 꺼내서 한 장 한 장 넘기면서 말리는 거 아닙니까? 작년에 저희도 훈장 어르신 책들을 가지고 나가서 포쇄를 했었죠."

"그렇게 어쩌다 하는 행사가 되어 버리니 어디 높은 분들이 저 멀리 외사고까지 가기 싫으니까 막둥이를 보내는 거 아니겠는가. 한마디로 심부름꾼으로 첩첩산중을 다녀와야 하는 거지."

"에이, 그래도 저는 그렇게 심부름꾼이라도 되어 봤으면 좋겠습니다."

"허허, 그것도 맞는 말이군. 석진이 앞으로 잘 헤쳐 나가면 좋겠구먼."

오명하는 강원도 산골에 있는 태백산사고에서 포쇄를 잘 해내고 돌아왔다고 해서 특별 휴가를 받아 집에 돌아와 있었다. 오 진사는 아들의 벼슬도 자랑할 겸 동네 유지들을 초대해 잔치를 열었다.

정생이 도착하자 오명하가 얼른 나와 스승의 예로 정생을 안으로 모셨다. 정생의 마음이 뿌듯했을 것은 두말할 나위가 없는 일이었다.

"그래, 가는 길이 험하지는 않더냐?"

정생이 술잔을 들며 오명하에게 물었다. 오명하가 껄껄 웃으며 말했다.

"그곳이 참 말도 못 하게 험한 곳에 있었습니다. 젊은 저를 굳이 보낸 이유를 알겠더군요."

"임진란 때 귀한 자료들이 다 불타 없어졌으니 다시는 그런 일을 겪지 못하게 안전한 곳에 두고자 한 것이겠지."

"맞습니다. 기록이 없어지면 국가의 근본이 없어지는 셈이죠. 전주사고의 책들과 태조대왕의 어진(御眞, 임금의 초상화)을 지켜 낸 선비들이 참으로 큰 공을 세운 것이죠."

임진왜란 때 전주가 왜군에게 함락되었는데, 안의와 손홍록 두 선비와 경기전 참봉 오희길이 전주사고의 책들을 옮겨 병화로부터 안전하게 지켜냈었다. 이들이 없었다면 조선왕조실록도 영영 사라지고 말았을 것이다.

"《사기》에서 사마천은 '일반 백성이 덕행을 갈고닦아 이름을 날리고자 해도 청운의 선비에게 의존하지 못하면 후세에 알릴 길이 없다'고 하지 않았나? 여기서 선비는 바로 사관을 가리키는 것이라네. 이것이 어찌 일반 백성에게만 해당하는 말이겠는가? 군왕의 일도 기록하지 않는다면 후세에는 아무도 그것을 알 수 없게 되고 마네. 자네는 이제 춘추관에 있으니 군왕의 행적을 올바르게 기록하여 후세에 남겨야 하네."

"옳은 말씀입니다. 가슴에 깊이 새기겠습니다. 그런데 제자가 한 가지 의문이 있습니다. 군왕의 행적이 올바르지 않으면 그것을 기록하여 후세에 전하는 것이 옳습니까? 아니면 만인의 아버지인 군왕의 잘못은 감추어서 후대에 모범으로 남게 하는 것이 옳습니까?"

"본래 실록은 군왕도 보지 못하게 되어 있는데, 그 이유는 사관이 정직하게 모든 사실을 기록하게 하기 위함이었네. 그렇긴 한데…."

정생은 말끝을 흐렸다. 왕이 실록의 내용을 알게 되어서 선비들이 떼죽음을 당한 일이 과거에 있었다. 연산군 때 사관 김일손이 자기 스승 김종직이 쓴 〈조의제문〉을 사초(史草, 실록을 만들기 위한 기초 자료)에 적었다가 실록 편찬 책임자였던 이극돈이 그것을 꼬투리로 잡아서 사화를 일으켰다. 〈조의제문〉은 세조가 조카 단종을 내쫓고 왕위를 차지한 것을 풍자한 글이었기 때문에 세조의 손자인 연산군은 크게 화를 내고 김종직의 제자들을 죽이거나 내쫓았다.

이극돈이 나라 걱정을 해서 저지른 일이 아니었다. 이극돈은 자기한테 안 좋은 이야기가 사초에 적힌 것을 보고 이런 일을 저질렀다. 군주는 사초를 보지 못해도, 대신들은 사초를 볼 수 있었기 때문에 이런 일이 일어날 수 있었다.

오늘날에도 실록을 작성하게 될 때 대신에게 좋지 않은 이야기가 적혀 있다면 무슨 일이 일어날지 모를 일이었다. 왕이 문제가 아니라 왕보다 더 가까운 곳에 있는 신하가 문제였다. 기록은 역사를 만들지만, 누군가의 희생도 만든다.

정생이 딱 부러지게 말을 못 하고 있는데, 오명하는 고개를 연신 끄덕이다가 결심한 듯 말했다.

"맞습니다. 역시 정직하게 모든 일을 써야 하겠죠."

오명하는 그렇게 말하고 술잔을 올렸다. 정생은 어쩐지 자신이 한심스러워 혼자 거푸 술잔을 기울였다.

*

"저 아저씨는 행사 코스프레를 한 건가 봐."

무슨 말인지 알 수 없는 여자아이 소리가 들려 정생이 주위를 돌아보니, 큰 정자가 있는 야외에 서 있는 게 아닌가? 언제 밖으로 나왔는지 모르겠는데, 심지어 양주골이 아닌 건 분명했다. 그리고 정자 난간에는 언문으로 뭔가 써 있는 긴 두루마리가 걸려 있는데 무슨 말인지 잘 알 수가 없었다. 정생이 천천히 읽어 보았다.

"다나만 를기일-사역 의들람사 통보 는읽 로으록기 선조."

뒤에서 또 키득거리는 여자아이 소리가 들렸다.

"왜 글을 거꾸로 읽는 거지?"

글을 거꾸로 읽는다고? 정생은 두루마리의 글을 거꾸로 읽어 보았다.

"조선 기록으로 읽는 보통 사람들의 역사-일기를 만나다."

그러고 보니 정자 안에 서탁이 있고 사람들이 서탁에 펼쳐진 뭔가를 들여다보고 있는 것도 보였다. 그런데 그 사람들이 참 이상한 복장을 하고 있다. 여긴 대체 어디란 말인지.

"안 가세요?"

여자아이의 소리가 또 들렸다.

"뭐라고?"

"앞으로 안 가시냐고요?"

정생이 뒤를 돌아보았다. 10대로 보이는 여자아이가 있었다. 쓰개치마도 없고 치마도 깡똥한 것이 평민이거나 천민인 모양이었다.

"앞으로 가면 뭐가 있느냐?"

"옛날 책이요. 일기도 있고, 그림도 있고 오늘 전시회 첫날이라고 사람들이 많아서 줄 선 거니까 빨리빨리 앞으로 가 주세요."

"그, 그래. 그러마."

정생은 앞사람에게 바짝 붙었다. 여자아이는 이제 정생은 쳐다보지도 않고 같이 온 다른 여자아이와 재잘거렸다.

"도장 찍어야 할 곳이 많은데 여긴 유독 사람이 많다. 그렇지?"

"화성 도장 찍기를 기록 유산으로 하니까 재밌네. 여기 보고 나면 어디로 가야 해?"

"잠깐만 내가 아까 관광지도 가져왔어. 다음에는 화홍문(華虹門)에서 대동여지도를 볼 수 있대."

그러고 보니 정자에 편액이 있었다. 방화수류정(訪花隨柳亭). 그럼 여기가 선대왕(정조)이 만든 화성(華城)이란 말인가.

대체 어떻게 양주골에서 수백 리 떨어진 화성에 와 있는지 영문을 알 수 없었다. 여자아이의 복장도 이상했지만, 남자나 여자들의 복장도 이상했다. 머리에 관(冠)을 쓴 사람이 거의 없이 맨머리에 두루마기도 없이 있는 걸 보면 다들 상놈이 분명했다. 오늘이 무슨 머슴날이라도 되는 건가?

정생이 정신을 못 차리는 사이에 어느 틈에 정자 안으로 들어갈 수 있었다. 서탁 위에는 유리함이 있고 거기에 '정생몽유록(鄭生夢遊錄)'이라는 팻말이 놓여 있었다.

"정생이 꿈속을 거닌 기록이라…."

정씨 성을 가진 사람이 조선 팔도에 지천이라 무심히 유리함을 쳐다보던 정생은 소스라치게 놀라 저도 모르게 뒷걸음을 치고 말았다.

유리함 안에 들어 있는 것은 정생 본인의 글이었다.

"뭐, 뭐지? 이게 뭐야?"

정생의 혼잣말에 대답하는 듯한 소리가 들렸다.

"조선 시대 일기 기록이죠. 곧 보물로 지정될 예정입니다."

정생이 소리 나는 곳을 바라보니 중년 여성이 방글방글 웃으며 그를 바라보고 있었다.

"안녕하세요? 저는 문화유산 해설사 김미영입니다. 잠깐 '정생몽유록'에 대해서 설명을 해 드리겠습니다."

사람들이 모두 그 여성을 바라보았다.

"정생의 몽유록은 양주골 서당 훈장이었던 정생의 일기입니다. 몽유록에는 본인의 이름이 나오지 않고 정씨 성을 가진 유생이라는 뜻으로 정생이라고만 되어 있어서 이 일기를 '정생몽유록'이라고 하게 되었습니다."

왜 내가 쓴 서책이 이런 곳에서 만인에게 보여지고 있는 거지?

"양주 아파트단지 공사 중에 옛 집터 하나를 발굴했는데, 그 집터에서 궤짝이 하나 발견되었습니다. 보통 종이로 된 유물은, 우리나라 땅이 산성토양인지라 흔히 다 삭아서 없어지기 일쑤인데 그 궤짝은 어쩌다 완전 밀봉이 되어서 그 안에 들어 있던 이 '정생몽유록'이 깨끗한 상태로 나왔습니다. 조선 순조 때 정생이라는 서당 훈장이 자신이 겪은 신이담을 기록한 것인데 당시의 지방 생활상과 사람들의 관념을 알아낼 수 있는 소중한 자료로 평가받고 있습니다."

정생의 얼굴이 화끈 달아올랐다.

"특히 정생이 수원의 친척 장례식에 가서 괴물을 만났다고 쓴 이야기는 오늘날 유행하는 좀비 이야기와 비교해도 손색이 없는 이야기입니다. 제가 간단히 그 내용을 설명하겠습니다."

아, 안 돼! 일생 가장 창피한 이야기라고! 정생은 그때부터는 해설사가 무슨 이야기를 하는지 들리지 않았다. 수백 년 뒤의 세상이 내가 쓴 일기를 읽고 있다니! 조상님, 상제님, 이게 대체 무슨 일입니까!

정생이 머리를 쥐어뜯으려는 찰나, 해설사의 말이 갑자기 들려왔다.

"이렇게 하루하루 쌓아 올린 기록들이 역사가 됩니다. 조선왕조실록도, 승정원일기도, 임금님의 일기인 일성록도 하루하루 쌓아 올려서 우리의 역사를 이루었죠. 그렇게 나라의 중심에서 만들어진 기록도 중요하지만 보통 사람들이 하루하루 만들어 간 기록 역시 소중합니다. 한 사람, 한 사람이 모여서 우리가 나라를 만들고 살아가고 있으니까요."

정생이 마치 항의하듯이 해설사에게 말했다.

"그래도 망신살 뻗치는 이야기라 일기에 적은 것을 남들이 읽으면 창피한 일 아니겠소?"

해설사가 정생을 보며 말했다.

"일기는 남에게 보여 주려고 쓰는 것이 아니잖아요. 매일매일의 진솔한 이야기를 남기기 때문에 후세에서는 더 가치 있는 기록으로 볼 수 있습니다."

"그래도 앞으로는 내가 멋진 사람이라는 이야기를 좀 써야 할 것 같소."

해설사가 정생 앞으로 다가와 쏘아붙이듯이 말했다.

"자기에게 남기는 기록인데도 거짓말로 꾸민다고 후세 사람들이 그렇게 속아 넘어갈까요? 그 일기는 쓴 사람이 얼마나 거짓말쟁이인지 알려 주는 가치를 지니게 될 겁니다. 그렇게 되고 싶으세요?"

정생은 냉기가 훅 얼굴로 밀어닥치는 것 같아서 깜짝 놀라 몸을 떨었다.

"훈장 어르신, 정신 드세요?"

접장이 정생의 얼굴에 부채질을 하고 있었다. 접장이 웃으며 말했다.

"어제 잠을 설쳤다고 하시더니 술 몇 잔에 곯아떨어지셨네요."

"술이 문제가 아니야. 그보다 말이야. 자네 궤짝 튼튼하게 만드는 데 좀 아나?"

"네?"

"내 글이 후세에 나라의 보물이 된다고. 알겠나? 사고에 보존하겠지? 후세는 내가 얼마나 글을 잘 쓰는 사람인지 다 알게 된다, 이 말이야! 그러니까 먼저 궤짝이 필요하다고. 튼튼한 궤짝이!"

"네?"

접장은 영문을 알 수가 없었다. 정생이 술을 너무 많이 마셨나 싶어 걱정되었다. 접장이 걱정하거나 말거나 정생은 기분 좋게 술병을 기울였다. 그리고 누구에게 하는 이야긴지 모를 말을 큰 소리로 외쳤다.

"기록이 쌓이면 역사가 되고, 일기는 진실되게 써야 하는 것이라네! 알겠나!"

작가의 말

《정생, 꿈 밖은 위험해!》는 한국국학진흥원에서 발행하는 웹진 《담담》에 연재했던 소설입니다. 웹진 《담담》은 매달 특정한 주제를 정해서 발간되는데, 그 주제에 맞춰서 쓴 소설이 바로 《정생, 꿈 밖은 위험해!》입니다.

처음 글을 썼을 때는 연재를 염두에 두지 않았습니다. 그런데 첫 번째 소설을 쓰고 한참 지난 뒤에 또 웹진 《담담》에서 소설 청탁이 들어왔기에, 지난번에 쓴 소설의 주인공인 정생을 내세워 이야기를 썼습니다. 이때도 연재를 생각했던 것은 아니었습니다. 그런데 웹진 《담담》 쪽에서 두 번째 이야기를 보고는 연작이라는 점에 주목해 주었습니다. 정생을 주인공으로 해서 연작소설을 써 달라고 했고, 그렇게 해서 이 책이 탄생하게 되었습니다.

정생이라는 이름은 정씨 성을 가진 유생이라는 뜻입니다. 이름이 '생'은 아닙니다. 조선 시대에는 자신을 이런 식으로 소개하는 일이 흔했습니다. 첫 편에 특별히 이름을 줄 필요가 없어서 주인공을 정생이라고 썼던 것인데 연작으로 바뀌면서도 그대로 유지가 되었습니다.

저는 예전부터 한양이 아니라 지방을 무대로 하는 조선 시대 이야기를 써 보고 싶었습니다. 한양은 잘 알려진 곳이고 중앙 정치와 밀접한 연관을 가진 곳이죠. 그런 이야기는 세상에 참 많이 있습니다. 그 반면 한양에서 떨어진 곳의 사람들이 어떻게 살았는지는 잘 모르죠. 오늘날에도 너무 서울 중심으로만 이야기가 돌아간다고 생각하곤 합니다.

하지만 문제는 지방에 대해서 아는 것이 많지 않다는 점이었습니다. 한양을 무대로 하면 쓰기가 훨씬 편한 이야기일 수도 있는데, 그래도 저는 시골에 살면서 시시콜콜한 일상을 겪는 사람들의 이야기를 몹시 쓰고 싶었습니다.

정생은 양주골의 서당 훈장으로, 과거에 낙방하고 집 근처 학동들을 가르치며 살아가는 동네 아저씨입니다. 속물 같기도 하고, 허당이기도 하고, 또 한편으로는 좀 괜찮은 사람이기도 합니다. 책사 모으는 걸 좋아하고 이것저것 아는 것이 많기도 합니다. 어쩌다 잠이 들면 꼭 이상한 꿈을 꾸는데, 이 책의 여러 이야기가 정생이 꾼 꿈 내용으로 되어 있기도 합니다.

정생을 통해서 조선 시대가 우리한테서 아주 멀리 있는 것이 아니라 그 시대에도 우리 사는 것과 비슷한 이야기들이 있었다는 점을 같이 알 수 있으면 좋을 것 같습니다. 조선 시대의 여러 풍습과 직업 그리고 생활상을, 이야기를 통해서 전달하고 싶은 마음으로 썼습니다만 잘 해냈는지는 모르겠습니다.

이 책을 읽으며 정생과 함께 조선 시대를 조금 더 이해할 수 있다면 참 멋질 것 같습니다. 허당 정생과 함께한 시간이 즐겁기를 바랍니다.